COSMÉTIQUE DE L'ENNEMI

Amélie Nothomb reste très profondément marquée par l'Extrême-Orient où elle est née et a passé son enfance — la Chine et le Japon, en particulier.

« *Graphomane* », comme elle se définit elle-même, elle écrit depuis toujours et connaît un grand succès. *Hygiène de l'assassin* fut la révélation de la rentrée 1992. En 1993, elle publie *Le Sabotage amoureux*, en 1994, *Les Combustibles*, en 1995, *Les Catilinaires*, en 1996, *Péplum*, en 1997, *Attentat*, en 1998, *Mercure*, en 1999, *Stupeur et tremblements* (Grand Prix de l'Académie française), en 2000, *Métaphysique des tubes*, en 2002, *Robert des noms propres*.

AMÉLIE NOTHOMB

Cosmétique de l'ennemi

ROMAN

ALBIN MICHEL

Cosmétique, l'homme se lissa les cheveux avec le plat de la main. Il fallait qu'il fût présentable afin de rencontrer sa victime dans les règles de l'art.

Les nerfs de Jérôme Angust étaient déjà à vif quand la voix de l'hôtesse annonça que l'avion, en raison de problèmes techniques, serait retardé pour une durée indéterminée.

« Il ne manquait plus que ça », pensa-t-il.

Il détestait les aéroports et la perspective de rester dans cette salle d'attente pendant un laps de temps pas même précisé l'exaspérait. Il sortit un livre de son sac et s'y plongea rageusement.

— Bonjour, monsieur, lui dit quelqu'un avec cérémonie.

7

Il souleva à peine le nez et rendit un bonjour de machinale politesse.

L'homme s'assit à côté de lui.

— C'est assommant, n'est-ce pas, ces retards d'avion ?

— Oui, marmonna-t-il.

— Si au moins on savait combien d'heures on allait devoir attendre, on pourrait s'organiser.

Jérôme Angust approuva de la tête.

— C'est bien, votre livre ? demanda l'inconnu.

« Allons bon, pensa Jérôme, faut-il en plus qu'un raseur vienne me tenir la jambe ? »

— Hm hm, répondit-il, l'air de dire : « Fichez-moi la paix. »

— Vous avez de la chance. Moi, je suis incapable de lire dans un lieu public.

« Et du coup, il vient embêter ceux qui en sont capables », soupira intérieurement Angust.

— Je déteste les aéroports, reprit l'homme. (« Moi aussi, de plus en plus », songea Jérôme.) Les naïfs croient que l'on y croise des voyageurs. Quelle erreur romantique ! Savez-vous quelle espèce de gens l'on voit ici ?

— Des importuns ? grinça celui qui continuait à simuler la lecture.

— Non, dit l'autre qui ne prit pas cela pour lui. Ce sont des cadres en voyage d'affaires. Le voyage d'affaires est à ce point la négation du voyage qu'il ne devrait pas porter ce nom. Cette activité devrait s'appeler « déplacement de commerçant ». Vous ne trouvez pas que cela serait plus correct ?

— Je suis en voyage d'affaires, articula Angust, pensant que l'inconnu allait s'excuser pour sa gaffe.

— Inutile de le préciser, monsieur, cela se voit.

« Et grossier, en plus ! » fulmina Jérôme.

Comme la politesse avait été enfreinte, il décida qu'il avait lui aussi le droit de s'en passer.

— Monsieur, puisque vous ne semblez pas l'avoir compris, je n'ai pas envie de vous parler.

— Pourquoi ? demanda l'inconnu avec fraîcheur.

— Je lis.

— Non, monsieur.

— Pardon ?

— Vous ne lisez pas. Peut-être

croyez-vous être en train de lire. La lecture, ce n'est pas ça.

— Bon, écoutez, je n'ai aucune envie d'entendre de profondes considérations sur la lecture. Vous m'énervez. Même si je ne lisais pas, je ne voudrais pas vous parler.

— On voit tout de suite quand quelqu'un lit. Celui qui lit — qui lit vraiment — n'est pas là. Vous étiez là, monsieur.

— Si vous saviez combien je le regrette ! Surtout depuis votre arrivée.

— Oui, la vie est pleine de ces petits désagréments qui la rendent insane. Bien plus que les problèmes métaphysiques, ce sont les infimes contrariétés qui signalent l'absurdité de l'existence.

— Monsieur, votre philosophie à deux francs cinquante, vous pouvez vous la...

— Ne soyez pas inconvenant, je vous prie.

— Vous l'êtes bien, vous !

— Texel. Textor Texel.

— Qu'est-ce que vous me chantez là ?

— Reconnaissez qu'il est plus facile

de converser avec quelqu'un dont on connaît le nom.

— Puisque je vous dis que je ne veux pas converser avec vous !

— Pourquoi cette agressivité, monsieur Jérôme Angust ?

— Comment savez-vous mon nom ?

— C'est écrit sur l'étiquette de votre sac de voyage. Il y a votre adresse aussi.

Angust soupira :

— Bon. Qu'est-ce que vous voulez ?

— Rien. Parler.

— J'ai horreur des gens qui veulent parler.

— Désolé. Vous pouvez difficilement m'en empêcher : ce n'est pas interdit.

L'importuné se leva et alla s'asseoir cinquante mètres plus loin. Peine perdue : l'importun le suivit et se posta à côté de lui. Jérôme bougea à nouveau pour aller occuper une place vide coincée entre deux personnes, se croyant ainsi à l'abri. Cela ne sembla pas gêner son escorte qui s'installa debout face à lui et reprit l'assaut.

— Vous avez des ennuis professionnels ?

— Vous allez me parler devant les gens ?

— Où est le problème ?

Angust se leva encore pour reprendre son ancienne place : tant qu'à se faire humilier par un raseur, autant se passer de spectateurs.

— Vous avez des ennuis professionnels ? répéta Texel.

— Inutile de me poser des questions. Je ne répondrai pas.

— Pourquoi ?

— Je ne peux pas vous empêcher de parler puisque ce n'est pas interdit. Vous ne pouvez pas me forcer à répondre puisque ce n'est pas obligatoire.

— Vous venez cependant de me répondre.

— Pour mieux m'en abstenir ensuite.

— Je vais donc vous parler de moi.

— J'en étais sûr.

— Comme je vous l'ai déjà dit, mon nom est Texel. Textor Texel.

— Navré.

— Vous dites cela parce que mon nom est bizarre ?

— Je dis cela parce que je suis navré de vous rencontrer, monsieur.

— Il n'est pourtant pas si bizarre, mon nom. Texel est un patronyme comme un autre, qui dit mes origines hollandaises. Cela sonne bien, Texel. Qu'en pensez-vous ?

— Rien.

— Evidemment, Textor, c'est moins facile. Pourtant, c'est un prénom qui a ses lettres de noblesse. Savez-vous que c'était l'un des nombreux prénoms de Goethe ?

— Le pauvre.

— Non : ce n'est pas si mal, Textor.

— Ce qui est affligeant, c'est d'avoir quelque chose en commun avec vous, ne serait-ce qu'un prénom.

— On croit que c'est laid, Textor, mais si l'on y réfléchit, ce n'est pas bien différent du mot « texte », qui est irréprochable. A votre avis, quelle pourrait être l'étymologie du prénom Textor ?

— Punition ? Châtiment ?

— Auriez-vous donc quelque chose à vous reprocher ? demanda l'homme avec un drôle de sourire.

— Vraiment pas. Il n'y a pas de justice : on s'en prend toujours à des innocents.

— Quoi qu'il en soit, votre proposition est fantaisiste. Textor vient de « texte ».

— Si vous saviez combien ça m'est égal.

— Le mot « texte » vient du verbe latin *texere*, qui signifie « tisser ». Comme quoi le texte est d'abord un tissage de mots. Intéressant, n'est-ce pas ?

— En somme, votre prénom signifie « tisserand » ?

— J'y verrais plutôt le sens second, plus élevé, de « rédacteur » : celui qui tisse le texte. Dommage qu'avec un nom pareil je ne sois pas écrivain.

— En effet. Vous noirciriez du papier au lieu d'accabler les inconnus avec votre bla-bla.

— Comme quoi c'est un beau prénom que le mien. En vérité, ce qui pose problème, c'est la conjonction de mon patronyme et de mon prénom : il faut reconnaître que Textor Texel, cela sonne mal.

— C'est bien fait pour vous.

— Textor Texel, reprit l'homme en insistant sur la difficulté qu'il y avait à prononcer cette succession de *x* et de *t*. Je me demande ce qui s'est passé dans la tête de mes parents pour m'appeler ainsi.

— Fallait leur demander.

— Mes parents sont morts quand j'avais quatre ans, en me laissant en héritage cette identité mystérieuse, comme un message que j'aurais à élucider.

— Elucidez-le sans moi.

— Textor Texel... Avec le temps, quand on s'est habitué à prononcer ces sons complexes, on cesse de les trouver discordants. Il y a même, en fin de compte, une certaine beauté phonétique à ce nom singulier : Textor Texel, Textor Texel, Textor...

— Vous allez encore vous gargariser longtemps ?

— De toute façon, comme l'écrit le linguiste Gustave Guillaume : « Les choses qui plaisent à l'oreille sont celles qui plaisent à l'esprit. »

— Que peut-on faire contre les gens de votre espèce ? S'enfermer aux toilettes ?

— Cela ne servirait à rien, cher monsieur. Nous sommes dans un aéroport : les toilettes ne sont pas isolées phoniquement. Je vous accompagnerais en ces lieux et je continuerais à vous parler derrière la porte.

— Pourquoi faites-vous ça ?

15

— Parce que j'en ai envie. Je fais toujours ce dont j'ai envie.

— Moi, j'ai envie de vous casser la gueule.

— Pas de chance pour vous : ce n'est pas légal. Moi, ce que j'aime dans la vie, ce sont les nuisances autorisées. Elles sont d'autant plus amusantes que les victimes n'ont pas le droit de se défendre.

— Vous n'avez pas d'ambitions plus hautes dans l'existence ?

— Non.

— Moi, si.

— Ce n'est pas vrai.

— Qu'en savez-vous ?

— Vous êtes un homme d'affaires. Vos ambitions se chiffrent en argent. C'est petit.

— Au moins, je n'embête personne.

— Vous nuisez certainement à quelqu'un.

— Quand bien même ce serait vrai, qui êtes-vous pour venir me le reprocher ?

— Je suis Texel. Textor Texel.

— On le saura.

— Je suis hollandais.

16

— Le Hollandais des aéroports. On a les Hollandais volants qu'on peut.

— Le Hollandais volant ? Un débutant. Un romantique niais qui ne s'en prenait qu'aux femmes.

— Tandis que vous, vous vous en prenez aux hommes ?

— Je m'en prends à qui m'inspire. Vous êtes très inspirant, monsieur Angust. Vous n'avez pas une tête d'homme d'affaires. Il y a en vous, malgré vous, quelque chose de disponible. Cela me touche.

— Détrompez-vous : je ne suis pas disponible.

— Vous voudriez le penser. Pourtant, le monde dans lequel vous vivez n'a pas réussi à tuer en vous le jeune homme aux portes ouvertes sur l'univers, et en réalité dévoré de curiosité. Vous brûlez de connaître mon secret.

— Les êtres de votre espèce sont toujours persuadés que les autres s'intéressent à eux.

— Le pire, c'est qu'ils ont raison.

— Allez-y, tâchez de me divertir. Ça fera toujours passer le temps.

Jérôme referma son livre et croisa les

bras. Il se mit à regarder l'importun comme on contemple un conférencier.

— Mon nom est Texel. Textor Texel.

— C'est un refrain ou quoi ?

— Je suis hollandais.

— Pensiez-vous que je l'avais oublié ?

— Si vous m'interrompez sans cesse, nous n'irons pas loin.

— Je ne suis pas sûr de vouloir aller loin avec vous.

— Si vous saviez ! Je gagne à être connu. Il suffit que je vous dise quelques épisodes de ma vie pour vous convaincre. Par exemple, quand j'étais petit, j'ai tué quelqu'un.

— Pardon ?

— J'avais huit ans. Il y avait dans ma classe un enfant qui s'appelait Franck. Il était charmant, gentil, beau, souriant. Sans être le premier de la classe, il obtenait de bons résultats scolaires, surtout en gymnastique, ce qui a toujours été la clef de la popularité enfantine. Tout le monde l'adorait.

— Sauf vous, bien sûr.

— Je ne pouvais pas le supporter. Il faut préciser que moi, j'étais malingre,

18

le dernier en gymnastique, et que je n'avais pas d'amis.

— Tiens ! sourit Angust. Déjà impopulaire !

— Ce n'était pas faute de faire des efforts. J'essayais désespérément de plaire, d'être sympathique et drôle ; je ne parvenais à rien.

— Cela n'a pas changé.

— Ma haine pour Franck n'en était que plus grande. C'était un temps où je croyais encore en Dieu. Un dimanche soir, je me suis mis à prier dans mon lit. Une prière satanique : je priai Dieu de tuer le petit garçon que je détestais. Je passai des heures à l'en implorer de toute ma force.

— Je devine la suite.

— Le lendemain matin, à l'école, l'institutrice entra en classe avec un air contrit. Les larmes aux yeux, elle nous annonça que Franck était mort pendant la nuit, d'une inexplicable crise cardiaque.

— Et, naturellement, vous avez cru que c'était votre faute.

— C'était ma faute. Comment ce petit garçon en pleine santé eût-il pu avoir une crise cardiaque, sans mon intervention ?

— Si c'était si facile, il n'y aurait plus beaucoup de vivants, sur la planète.

— Les enfants de la classe se mirent à pleurer. Nous eûmes droit aux lieux communs d'usage : « Ce sont toujours les meilleurs qui s'en vont », etc. Moi, je pensais : « Evidemment ! Je ne me serais pas donné tant de mal à prier si ce n'avait été pour nous débarrasser du meilleur d'entre nous ! »

— Alors comme ça, vous croyez être en communication directe avec Dieu ? Vous ne doutez de rien, vous.

— Mon premier sentiment fut de triomphe : j'avais réussi. Ce Franck allait enfin cesser de me gâcher l'existence. Peu à peu, je compris que la mort de l'enfant ne m'avait pas rendu plus populaire. En vérité, elle n'avait rien changé à mon statut de vilain petit canard mal aimé. J'avais cru qu'il me suffirait d'avoir le champ libre pour m'imposer. Quelle erreur ! On oublia Franck, mais je ne pris pas sa place.

— Pas étonnant. On ne peut pas dire que vous ayez beaucoup de charisme.

— Peu à peu, je commençai à éprouver des remords. Il est singulier de penser que, si j'étais devenu populaire, je n'aurais pas regretté mon crime. Mais j'avais la conviction d'avoir tué Franck pour rien et je me le reprochais.

— Et depuis, vous interpellez des quidams dans les aéroports pour les bassiner avec votre repentir.

— Attendez, ce n'est pas si simple. J'avais honte, mais pas au point d'en souffrir.

— Sans doute aviez-vous malgré vous assez de bon sens pour savoir que vous n'étiez en rien la cause de sa mort ?

— Détrompez-vous. Je n'ai jamais douté de ma culpabilité absolue dans cet assassinat. Mais ma conscience n'avait pas été préparée à cette situation. Vous savez, les adultes apprennent aux enfants à dire bonjour à la dame et à ne pas se mettre les doigts dans le nez : ils ne leur apprennent pas à ne pas tuer leurs petits camarades de classe. J'aurais éprouvé davantage de remords si j'avais volé des bonbons à l'étalage.

— Si vous avez perdu la foi, comment pouvez-vous encore croire que vous êtes la cause de la mort de ce Franck ?

— Rien n'est aussi puissant qu'un esprit animé par la foi. Qu'importe que Dieu existe ou non. Ma prière était bien assez forte, par sa conviction, pour anéantir une vie. C'est un pouvoir que j'ai perdu en cessant de croire.

— Encore heureux que vous ne croyiez plus, en ce cas.

— Oui. Cela a rendu mon meurtre suivant nettement moins facile.

— Ah ! Parce qu'il y a une suite ?

— Ce n'est que le premier mort qui compte. C'est l'un des problèmes de la culpabilité en cas d'assassinat : elle n'est pas additionnelle. Il n'est pas considéré comme plus grave d'avoir tué cent personnes que d'en avoir tué une seule. Du coup, quand on en a tué une, on ne voit pas pourquoi on se priverait d'en tuer cent.

— C'est vrai. Pourquoi limiter ces petits plaisirs de l'existence ?

— Je vois que vous ne me prenez pas au sérieux. Vous vous moquez.

— Vu ce que vous appelez un meurtre, je n'ai pas l'impression d'être en présence d'un grand criminel.

— Vous avez raison, je ne suis pas un grand criminel. Je suis un petit criminel sans envergure.

— J'aime ces accès de lucidité.

— Rendez-vous compte : je n'ai tué que deux personnes.

— C'est un chiffre médiocre. Il faut avoir plus d'ambition, monsieur.

— Je partage votre opinion. J'étais né pour de plus hauts desseins. Le démon de la culpabilité m'a empêché de devenir l'être immense que j'aurais voulu devenir.

— Le démon de la culpabilité ? Je pensais que vous aviez éprouvé un petit repentir de rien du tout.

— Pour le meurtre de Franck, oui. C'est plus tard que la culpabilité a pris possession de moi.

— Lors du second meurtre ? Comment avez-vous procédé, cette fois ? Par envoûtement ?

— Vous avez tort de me railler. Non, je suis devenu coupable en même temps que j'ai perdu la foi. Mais je ne sais même pas si j'ai affaire à un croyant.

— Non. Personne n'a jamais cru dans ma famille.

— C'est drôle, ces gens qui parlent de

la foi comme de l'hémophilie. Mes parents ne croyaient en rien ; cela ne m'a pas empêché de croire.

— Vous avez fini par devenir comme vos parents : vous ne croyez plus.

— Oui, mais c'est à cause d'un accident, un accident mental qui aurait pu ne pas se produire et qui a déterminé la totalité de ma vie.

— Vous parlez comme quelqu'un qui a reçu un coup sur la tête.

— C'est un peu ça. J'avais douze ans et demi. J'habitais chez mes grands-parents. A la maison, il y avait trois chats. C'était moi qui devais leur préparer à manger. Il fallait ouvrir des conserves de poisson et écraser leur contenu avec du riz. Cette besogne m'inspirait un dégoût profond. L'odeur et l'aspect de ce poisson en boîte me donnaient envie de vomir. En plus, je ne pouvais pas me contenter d'émietter leur chair à la fourchette : il fallait qu'elle soit intimement incorporée au riz, sinon les chats ne l'auraient pas mangé. Je devais donc brasser le mélange avec les mains : j'avais beau fermer les yeux, j'étais toujours au bord de l'évanouissement quand je plongeais mes doigts dans ce riz trop cuit et ces débris de poisson et quand je malaxais cette chose dont la consistance me répugnait au-delà du possible.

— Jusqu'ici, je peux comprendre.

— Je me suis livré à cette tâche durant des années, puis l'impensable s'est produit. J'avais donc douze ans et demi et j'ai ouvert les yeux sur la pâtée pour chats que j'étais en train de pétrir. J'ai eu un haut-le-cœur mais j'ai réussi à ne pas vomir. Ce fut alors que, sans savoir pourquoi, j'ai porté à ma bouche une poignée du mélange et je l'ai mangée.

— Pouah.

— Eh bien non ! Justement non ! Il me semblait que je n'avais jamais rien mangé d'aussi bon. Moi qui étais un enfant maigre et affreusement difficile pour la nourriture, moi qu'il fallait forcer à manger, je me pourléchais de cette bouillie pour animaux. Effaré de ce que je me voyais faire, je me mis à bouffer, à bouffer, poignée après poignée, cette glu poissonneuse. Les trois chats me regardaient avec consternation vider leur pitance dans mon ventre. J'étais encore plus horrifié qu'eux : je découvrais qu'il n'y avait aucune différence entre eux et moi. Je sentais bien que ce n'était pas moi qui avais voulu manger, c'était une force supérieure et suprême qui m'y avait contraint. C'est ainsi que je ne laissai pas même une miette de poisson au fond de la bassine. Les chats durent se passer de dîner ce jour-là. Ils furent les seuls témoins de ma chute.

— C'est plutôt drôle, cette histoire.

— C'est une histoire atroce et qui me fit perdre la foi.

— C'est bizarre. Moi qui ne suis pas croyant, je ne vois pas en quoi aimer la bouffe pour chats est une raison suffisante pour douter de l'existence de Dieu.

— Non, monsieur, je n'aimais pas la bouffe pour chats ! C'était un ennemi, à l'intérieur de moi, qui m'avait forcé à la manger ! Et cet ennemi qui jusque-là s'était tu se révélait mille fois plus puissant que Dieu, au point de me faire perdre la foi non pas en son existence mais en son pouvoir.

— Vous croyez toujours que Dieu existe, alors ?

— Oui, puisque je ne cesse de l'insulter.

— Pourquoi l'insultez-vous ?

— Pour le forcer à réagir. Ça ne marche pas. Il reste amorphe, sans dignité devant mes injures. Même les hommes sont moins mous que lui. Dieu est un jean-foutre. Vous voyez ? Je viens encore de l'insulter et il continue à se taire.

— Que voudriez-vous qu'il fasse ? Qu'il vous jette sa foudre ?

— Vous confondez avec Zeus, monsieur.

— Bon. Vous voudriez qu'il vous envoie une pluie de sauterelles ou que les eaux de la mer Rouge se referment sur vous ?

— C'est ça, moquez-vous. Sachez qu'il est très dur de découvrir la nullité de Dieu et, pour compenser, la toute-puissance de l'ennemi intérieur. On croyait vivre avec un tyran bienveillant au-dessus de sa tête, on se rend compte qu'on vit sous la coupe d'un tyran malveillant qui est logé dans son ventre.

— Allons, ce n'est pas si grave de manger la nourriture des chats.

— Ça vous est déjà arrivé ?

— Non.

— Alors qu'en savez-vous ? C'est

atroce de se repaître de la bouffe des chats. D'abord parce que c'est très mauvais. Ensuite parce qu'après on se hait. On se regarde dans la glace et on se dit : « Ce morveux a vidé la gamelle des chats. » On sait qu'on est soumis à une force obscure et détestable qui, au fond de son ventre, hurle de rire.

— Le diable ?

— Appelez-le comme ça si vous voulez.

— Moi, je m'en fiche. Je ne crois pas en Dieu, donc je ne crois pas au diable.

— Je crois en l'ennemi. Les preuves de l'existence de Dieu sont faibles et byzantines, les preuves de son pouvoir sont plus maigres encore. Les preuves de l'existence de l'ennemi intérieur sont énormes et celles de son pouvoir sont écrasantes. Je crois en l'ennemi parce que, tous les jours et toutes les nuits, je le rencontre sur mon chemin. L'ennemi est celui qui, de l'intérieur, détruit ce qui en vaut la peine. Il est celui qui vous montre la décrépitude contenue en chaque réalité. Il est celui qui vous met en lumière votre bassesse et celle de vos amis. Il est celui qui, en un jour parfait, vous trouvera une excellente raison d'être torturé. Il est celui qui vous dégoûtera de vous-même. Il est celui qui, quand vous entreverrez le visage céleste d'une inconnue, vous révélera la mort contenue en tant de beauté.

— N'est-il pas également celui qui, quand vous êtes en train de lire dans la salle d'attente d'un aéroport, vient vous en empêcher par son accablante conversation ?

— Oui. Pour vous, il est cela. Peut-être n'existe-t-il pas en dehors de vous. Vous le voyez assis à côté de vous mais peut-être est-il en vous, dans votre tête et dans votre ventre, en train de vous empêcher de lire.

— Non monsieur. Moi, je n'ai pas d'ennemi intérieur. J'ai un ennemi, bien réel pour le moment, vous, qui êtes à l'extérieur de moi.

— Si cela vous plaît de le penser. Moi, je sais qu'il est en moi et qu'il fait de moi un coupable.

— Coupable de quoi ?

— De n'avoir pu l'empêcher de prendre le pouvoir.

— Et vous venez m'embêter simplement parce qu'il y a trente ans, vous avez mangé de la bouffe pour chats ?

Vous êtes une infection, monsieur. Il y a des médecins pour les gens comme vous.

— Je ne suis pas venu pour me faire soigner par vous. Je suis venu pour vous rendre malade.

— Ça vous amuse ?

— Cela me ravit.

— Et il a fallu que ça tombe sur moi.

— Vous n'avez pas de chance, mon cher.

— Je suis heureux qu'au moins vous en conveniez.

— Et cependant je suis certain que vous ne le regretterez pas. Il y a dans la vie des malheurs salutaires.

— C'est étonnant, cette manie qu'ont les emmerdeurs de se trouver des justifications. C'est ce que Lu Xun appelle le discours du moustique : être piqué par un moustique est déjà bien pénible, mais, en plus, il faut que l'insecte vous serine son *bzbz* à l'oreille — et vous pouvez être sûr qu'il vous raconte des choses du genre : « Je te pique mais c'est pour ton bien. » Si, au moins, il le faisait en silence !

— L'analogie avec le moustique est

adéquate. Je vous laisserai comme une démangeaison.

— J'apprends ainsi que vous me laisserez : c'est déjà une parole d'espoir. Et puis-je savoir quand vous estimerez pouvoir partir ?

— Quand j'aurai accompli ma mission avec vous.

— Parce qu'en plus vous avez une mission à mon endroit ? Il devrait y avoir une loi contre les messies. Monsieur, je n'ai aucun besoin de vos enseignements.

— Non, en effet. Vous avez seulement besoin que je vous rende malade.

— Et depuis quand un être bien portant a-t-il besoin d'être malade ?

— D'abord, vous n'êtes pas bien portant. Vous savez parfaitement qu'il y a en vous des choses qui ne vont pas. C'est pourquoi vous avez besoin d'être malade. Pascal a écrit un texte dont le titre est sublime : *Prière pour demander à Dieu le bon usage des maladies*. Car il y a bel et bien un bon usage des maladies. Encore faut-il être malade. Je suis là pour vous donner cette grâce.

— Trop aimable. Gardez votre cadeau, je suis un ingrat.

— Voyez-vous, vous n'avez aucune chance de guérir de vos maux sans moi, à cause de cet axiome imparable : sans maladie, pas de guérison.

— De quoi voulez-vous donc que je guérisse ?

— Pourquoi vous mentez-vous à vous-même ? Vous allez très mal, Jérôme Angust.

— Qu'en savez-vous ?

— Je sais tant de choses.

— Vous travaillez pour les services secrets ?

— Mon service est trop secret pour les services secrets.

— Qui êtes-vous donc ?

— Mon nom est Texel. Textor Texel.

— Oh non, ça recommence !

— Je suis hollandais.

Jérôme Angust mit ses deux mains sur ses oreilles. Il n'entendit plus que le bruit de l'intérieur de son crâne : cela ressemblait au vrombissement vague et lointain que l'on perçoit dans les stations de métro quand il ne passe aucune rame. Ce n'était pas désagréable. Pendant ce temps, les lèvres de l'importun continuaient à remuer : « C'est un demeuré, pensa la victime. Il

32

parle même quand il sait que je ne peux pas l'entendre. C'est de la logorrhée. Pourquoi sourit-il comme ça, comme s'il était le vainqueur ? C'est moi le vainqueur, puisque je ne l'entends plus. C'est moi qui devrais sourire. Or je ne souris pas et lui continue à sourire. Pourquoi ? »

Les minutes passèrent. Bientôt, Angust comprit pourquoi Texel souriait : ses bras commencèrent à le faire souffrir, d'abord insensiblement, puis de façon insoutenable. Jérôme ne s'était jamais bouché les oreilles assez longtemps pour connaître cette douleur. Le tortionnaire, lui, était sûrement au courant de l'apparition progressive de cette crampe chez ses victimes. « Je ne suis pas le premier qu'il vient baratiner pendant des heures. Je ne suis pas le premier qui se bouche les oreilles avec les mains devant ses yeux amusés. S'il sourit, c'est parce qu'il a l'habitude : il sait que je ne tiendrai pas longtemps. L'ordure ! Il y a vraiment des pervers sur cette planète ! »

Quelques minutes plus tard, il eut l'impression que ses épaules allaient se démembrer : il avait trop mal. Ecœuré, il baissa les bras avec une grimace de soulagement.

— Eh oui, dit simplement le Hollandais.

— Vos victimes vous font toujours ce coup-là, hein ?

— Même si vous étiez le premier, je serais déjà au courant. La crucifixion, vous avez entendu parler ? Pourquoi croyez-vous que le crucifié souffre et meurt ? Pour d'innocents clous dans les mains et les pieds ? A cause des bras en l'air. A la différence de certains mammifères comme le paresseux, l'homme n'est pas conçu pour garder longtemps cette position : si on lui maintient les bras vers le haut pendant une durée excessive, il finit par mourir. Bon, j'exagère un peu : c'est quand il est trop longtemps suspendu par les bras qu'il peut mourir d'étouffement. Vous ne seriez donc pas mort. Mais vous eussiez fini par vous trouver mal. Vous voyez : vous ne pouvez pas m'échapper. Rien n'est laissé au hasard. Pourquoi croyez-vous que je m'en prends à votre ouïe ? Pas seulement parce que c'est légal ; surtout parce que c'est celui des sens qui présente le moins de défenses. Pour

34

se protéger, l'œil a la paupière. Contre une odeur, il suffit de se pincer le nez, geste qui n'a rien de douloureux, même à long terme. Contre le goût, il y a le jeûne et l'abstinence, qui ne sont jamais interdits. Contre le toucher, il y a la loi : vous pouvez appeler la police si l'on vous touche contre votre gré. La personne humaine ne présente qu'un seul point faible : l'oreille.

— C'est faux. Il y a les boules Quies.

— Oui, les boules Quies : la plus belle invention de l'homme. Mais vous n'en avez pas dans votre sac de voyage, n'est-ce pas ?

— Il y a une pharmacie dans l'aéroport. Je cours en acheter.

— Mon pauvre ami, vous pensez bien que, juste avant de vous aborder, je suis allé acheter leur stock entier de boules Quies. Quand je vous disais que rien n'était laissé au hasard ! Voulez-vous savoir ce que je vous racontais, quand vous aviez les mains sur les oreilles ?

— Non.

— Ce n'est pas grave, je vous le dirai quand même. Je vous disais que l'être humain est une citadelle et que les sens en sont les portes. L'ouïe est la moins bien gardée des entrées : d'où votre défaite.

— Une défaite sans victoire dans le camp adverse, alors. Franchement, je ne vois pas ce que vous y gagnez.

— J'y gagne. Ne soyez pas si pressé. Nous avons le temps. Ces retards d'avion sont interminables. Sans moi, vous auriez continué à faire semblant de lire votre bouquin. J'ai tant à vous apporter.

— Le pseudo-meurtre de votre petit camarade, la pâtée des chats... Vous croyez que de telles fadaises peuvent intéresser quelqu'un ?

— Pour raconter une histoire, il vaut mieux commencer par le début, non ? Donc, à douze ans et demi, suite à l'ingestion de la nourriture des chats, j'ai perdu la foi et acquis un ennemi : moi-même, ou, pour être plus exact, cet adversaire inconnu que tous nous logeons dans l'ombre de nos entrailles. Mon univers en fut métamorphosé. Jusque-là, j'étais un orphelin blême et maigre qui vivait calmement avec ses grands-parents. Je devins torturé, angoissé, je me mis à manger comme un forcené.

— Toujours la gamelle des chats ?

— Pas seulement. Celle de mes grands-parents aussi. Dès qu'une nourriture me répugnait, je me jetais sur elle et la dévorais.

— Et en Hollande, il y a de quoi être dégoûté par la nourriture.

— En effet. J'ai donc beaucoup mangé.

— Vous n'êtes pas gras, pourtant.

— Je brûle tout sous forme d'anxiété. Je n'ai pas changé depuis l'adolescence : je traîne toujours en moi ce fardeau de culpabilité que je découvrais alors.

— Pourquoi cette culpabilité ?

— Croyez-vous que les gens malades de culpabilité aient besoin d'un motif sérieux ? Mon ennemi intérieur était né à la faveur de la pâtée pour chats : il aurait pu trouver d'autres prétextes. Quand on est destiné à devenir un coupable, il n'est pas nécessaire d'avoir quelque chose à se reprocher. La culpabilité se fraiera un passage par n'importe quel moyen. C'est de la prédestination. Le jansénisme : encore une invention hollandaise.

— Oui. Comme le beurre de cacahouètes et autres monstruosités.

— J'aime le beurre de cacahouètes.

— Ça ne m'étonne pas.

— J'aime surtout le jansénisme. Une
doctrine aussi injuste ne pouvait que
me plaire. Enfin une théorie capable de
cruauté sincère, comme l'amour.

— Et dire que je me retrouve dans un
aéroport en train de me faire emmerder
par un janséniste.

— Qui sait ? Cela aussi, c'est peut-
être de la prédestination. Il n'est pas
impossible que vous ayez vécu jusqu'ici
dans le seul but de me rencontrer.

— Je vous jure que non.

— Qui êtes-vous pour le décréter ?

— Il m'est arrivé des choses autrement importantes, dans mon existence.

— Par exemple ?

— Je n'ai pas envie de vous en parler.

— Vous avez tort. Je vais vous
apprendre un grand principe, Jérôme
Angust. Il n'y a qu'une seule façon
légale de me faire taire : c'est de parler.
N'oubliez pas. Cela pourrait vous sauver.

— Me sauver de quoi, enfin ?

— Vous verrez. Parlez-moi de votre femme, monsieur.

— Comment savez-vous que je suis marié ? Je ne porte pas d'alliance.

— Vous venez de m'apprendre que vous êtes marié. Parlez-moi donc de votre femme.

— C'est hors de question.

— Pourquoi ?

— Je n'ai aucune envie de vous parler d'elle.

— J'en conclus que vous ne l'aimez plus.

— Je l'aime !

— Non. Les gens qui aiment sont toujours intarissables sur l'objet de leur amour.

— Qu'en savez-vous ? Je suis sûr que vous n'aimez personne.

— J'aime.

— Alors allez-y, soyez intarissable sur l'objet de votre amour.

— J'aime une femme sublime.

— En ce cas, que faites-vous ici ? Vous êtes impardonnable de ne pas être auprès d'elle. Vous perdez votre temps à importuner des inconnus quand vous pourriez être avec elle ?

— Elle ne m'aime pas.

— Vous perdez votre temps à importuner des inconnus quand vous pourriez la séduire ?

— J'ai déjà essayé.

— Obstinez-vous !

— Inutile.

— Dégonflé !

— Je sais trop bien que cela ne servirait à rien.

— Et vous osez prétendre que vous l'aimez ?

— Elle est morte.

— Ah !

Le visage de Jérôme se décomposa. Il se tut.

— Quand je l'ai connue, elle était vivante. Je le précise, car il y a des hommes qui ne sont capables d'aimer que des femmes déjà mortes. C'est tellement plus commode, une femme qu'on n'a jamais vue vivre. Mais moi, je l'aimais parce qu'elle était vivante. Elle était plus vivante que les autres. Encore aujourd'hui, elle est plus vivante que les autres.

Silence.

— Ne prenez pas cet air consterné, Jérôme Angust.

— Vous avez raison. Votre femme est morte : ce n'est pas si grave.

— Je n'ai jamais dit que c'était ma femme.

— Raison de plus pour ne pas prendre ça au tragique.

— Vous trouvez qu'il y a de quoi rire ?

— Il faudrait savoir : vous me disiez de ne pas prendre un air consterné.

— Ayez le sens des nuances, je vous prie.

— Je ne dis plus rien.

— Tant pis pour vous. J'ai rencontré cette femme il y a vingt ans. J'avais vingt ans et elle aussi. C'était la première fois qu'une fille m'attirait. Auparavant, je n'avais été obnubilé que par mon propre complexe de culpabilité. Je vivais en autarcie autour de mon nombril, souffrant, m'analysant, mangeant des horreurs, examinant l'effet qu'elles produisaient sur mon anatomie ; le monde extérieur m'affectait de moins en moins. Mes grands-parents étaient morts, me laissant quelques florins, pas assez pour être riche, suffisamment pour me nourrir mal pendant des années. Je m'éloignais du genre humain de plus en plus. Mes journées entières étaient consacrées à la lecture de Pascal et à la recherche d'aliments innommables.

— Et les trois chats ?

— Morts sans descendance. J'ai passé quelques mois à vider les boîtes de poisson que mes grands-parents avaient stockées pour eux. Quand les placards en furent délestés, quand la Hollande eut fini de me lasser, j'allai voir ailleurs. Je m'installai à Paris, non loin de la station Port-Royal.

— La nourriture française était-elle assez mauvaise pour vous ?

— Oui. On mange mal à Paris. J'y trouvai de quoi faire mes délices. C'est là, aussi, que je rencontrai la plus belle jeune fille de l'univers.

— Tout cela devient banal. Laissez-moi deviner : c'était dans les jardins du Luxembourg ?

— Non. Au cimetière.

— Au Père-Lachaise. Classique.

— Non ! Au cimetière de Montmartre. Je trouve significatif de l'avoir découverte parmi les cadavres.

— Je ne connais pas ce cimetière.

— C'est le plus beau de Paris. Il est

nettement plus désert que le Père-Lachaise. L'une des tombes m'y touche plus que tout. Je ne sais plus de qui elle est la sépulture. On y voit, à même la pierre tombale, la statue d'une jeune fille écroulée face contre terre. Son visage sera inconnu à jamais. On ne distingue que sa silhouette mi-nue, très pudique, son dos gracile, son pied menu, sa nuque délicate. Le vert-de-gris s'est emparé d'elle comme un supplément de mort.

— Sinistre.

— Non. Charmant. D'autant plus que, quand je l'ai vue la première fois, une vivante était là qui la contemplait et qui avait exactement la même silhouette. De dos, on eût juré la même personne : comme si une jeune fille s'était sue promise à une mort rapide et était venue contempler sa propre statue sur sa tombe future. Je l'ai d'ailleurs abordée en lui demandant si c'était elle qui avait posé. Je lui ai déplu aussitôt.

— Comme je la comprends.

— Pourquoi ?

— Moi aussi, vous m'avez déplu aussitôt. Et puis, cette question n'était pas du meilleur goût.

— Pourquoi ? La jeune fille vert-de-grisée était ravissante.

— Oui, mais sur une tombe.

— Eh bien quoi ? La mort n'a rien d'obscène. Toujours est-il que la jeune vivante a semblé me trouver déplacé et n'a pas daigné me répondre. Entre-temps, j'avais aperçu son visage. Je ne m'en suis jamais remis. Il n'y a rien de plus incompréhensible au monde que les visages ou, plutôt, certains visages : un assemblage de traits et de regards qui soudain devient la seule réalité, l'énigme la plus importante de l'univers, que l'on regarde avec soif et faim, comme si un souverain message y était inscrit. Inutile que je vous la détaille : si je vous disais qu'elle avait les cheveux châtains et les yeux bleus, ce qui était le cas, vous seriez bien avancé. Quoi de plus agaçant, dans les romans, que ces descriptions obligatoires de l'héroïne, où l'on ne nous épargne aucun coloris, comme si cela changeait quelque chose ? En vérité, si elle avait été blonde aux yeux marron, cela n'eût fait aucune différence. Décrire la beauté d'un tel visage est aussi vain et stupide que ten-ter d'approcher, avec des mots, l'ineffable d'une sonate ou d'une cantate. Mais une cantate ou une sonate eussent peut-être pu parler de son visage. Le malheur de ceux qui croisent pareil mystère est qu'ils ne peuvent plus s'intéresser à rien d'autre.

— Pour une fois, je vous comprends.

— Là s'arrête notre connivence, car vous ne comprenez sûrement pas ce qu'on ressent quand on est rejeté par le visage de sa vie. Vous, vous avez ce qu'on appelle un physique avantageux. Vous ne savez pas ce que c'est, d'avoir si soif et de ne pas avoir le droit de boire, quand l'eau est sous vos yeux, belle, salvatrice, à portée de vos lèvres. L'eau se refuse, à vous qui venez de traverser le désert, pour ce motif incongru que vous n'êtes pas à son goût. Comme si l'eau avait le droit de se refuser à vous ! Quelle impudence ! N'est-ce pas à vous d'avoir soif d'elle et non le contraire ?

— C'est un argument de violeur, ça.

— Vous ne croyez pas si bien dire.

— Quoi ?

— Au début de notre échange, je vous ai averti que je fais toujours ce dont j'ai envie. C'était déjà le cas il y a vingt ans.

— En plein cimetière ?

— C'est le lieu ou l'acte qui vous choque ?

— Tout.

— C'était la première fois de ma vie que je désirais quelqu'un. Je ne voulais pas laisser passer l'occasion. J'eusse préféré que ce ne fût pas un viol.

— Un viol au subjonctif imparfait, c'est encore pire.

— Vous avez raison. Je suis très content de l'avoir violée.

— Je vous demandais de changer le mode, pas le sens.

— On ne change pas le mode sans changer le sens. Et puis c'est vrai : je ne regrette rien.

— Vous êtes rongé de culpabilité d'avoir mangé la bouffe pour chats, mais un viol, ça ne vous inspire aucun remords ?

— Non. Parce qu'à la différence de la pâtée pour chats, le viol était bon. Le cimetière de Montmartre regorge de monuments funéraires qui ressemblent à des réductions de cathédrales gothiques, avec porte, nef, transept et abside. Quatre êtres humains de corpulence mince y tiendraient facilement debout. En l'occurrence, nous étions deux, moi pas gros, elle mince comme une tige. Je l'ai emmenée de force dans l'un des mausolées et j'ai maintenu ma main sur sa bouche.

— Et vous l'avez violée là ?

— Non. Je l'avais entreposée là pour la cacher. Il devait être dix-sept heures. Il me suffisait d'attendre l'heure de fermeture du cimetière. Je m'étais toujours demandé ce qui m'arriverait si je laissais passer l'heure de fermeture et si je devais être séquestré une nuit entière dans un cimetière. Maintenant, je le sais. J'ai donc gardé ma future victime serrée contre moi pendant plus d'une heure. Elle se débattait, mais elle n'était pas bien musclée. J'adorais sentir sa peur.

— Dois-je vraiment écouter ça ?

— Pas moyen de vous dérober, mon vieux. Elle non plus. Nous avons entendu passer les gardiens du cimetière qui hâtaient les retardataires. Bientôt il n'y a plus eu que le bruit de la respiration des morts. Alors j'ai retiré ma main de la bouche de la jeune fille.

Je lui ai dit qu'elle pouvait crier, que ça ne servirait à rien : personne ne l'entendrait. Comme c'était une fille intelligente, elle n'a pas gueulé.

— C'est ça. Une fille intelligente, c'est une fille qui se laisse violer gentiment.

— Oh non. Elle a tenté de s'enfuir. C'est qu'elle courait vite ! J'ai galopé derrière elle entre les tombes. J'adorais ça. J'ai fini par bondir sur elle et l'aplatir par terre. Je sentais sa terreur enragée, ça me plaisait. C'était en octobre, les nuits étaient déjà froides. Je l'ai prise sur les feuilles mortes. J'étais puceau, elle pas. L'air était vif, ma victime se débattait, le lieu était magnifique, ma victime était splendide. J'ai adoré. Quel souvenir !

— Pourquoi dois-je entendre tout ça ?

— A l'aube, je l'ai cachée à nouveau dans l'une des cathédrales miniatures. J'ai attendu que les gardiens rouvrent le cimetière, qu'il y ait des gens dans les allées. Alors j'ai dit à la fille que nous allions sortir ensemble et que, si elle émettait le moindre appel au secours à l'adresse d'un tiers, je lui casserais la figure.

— Vous êtes un délicat.

— Main dans la main, nous avons quitté le cimetière. Elle marchait comme une morte.

— Sale nécrophile.

— Non. Je lui avais laissé la vie.

— Brave cœur.

— Quand nous nous sommes retrouvés à l'extérieur du cimetière, rue Rachel, je lui ai demandé comment elle s'appelait. Elle m'a craché au visage. Je lui ai dit que je l'aimais trop pour l'appeler crachat.

— Vous êtes un romantique.

— J'ai pris son portefeuille mais il ne contenait aucun papier d'identité. J'ai dit que c'était illégal de se promener sans papiers. Elle m'a proposé de l'amener à la police pour ce grief.

— Elle ne manquait pas d'humour.

— J'ai vu où elle voulait en venir.

— Vraiment ? Quel esprit vif !

— J'ai cru sentir un peu d'impertinence dans votre remarque.

— Vous croyez ? Je ne me permettrais pas.

— Je lui ai demandé où je pouvais la reconduire. Elle a répondu nulle part. Drôle de fille, hein ?

— Oui. C'est bizarre, cette victime qui refuse de sympathiser avec son violeur.

— Elle aurait pu voir que je l'aimais, quand même !

— Vous le lui aviez prouvé d'une manière si douce.

— Dès qu'elle en a eu l'occasion, elle s'est enfuie en courant. Cette fois, je n'ai pas pu la rattraper. Elle a disparu dans la ville. Je ne l'ai plus retrouvée.

— Quel dommage. Une si belle histoire qui commençait si bien.

— J'étais fou d'amour et de bonheur.

— Quelle raison pouviez-vous donc avoir d'être heureux ?

— Il m'était enfin arrivé quelque chose de grand.

— Quelque chose de grand ? Un viol minable, oui.

— Je ne vous demande pas votre avis.

— Que me demandez-vous, au juste ?

— De m'écouter.

— Il y a des psy, pour ça.

— Pourquoi irais-je chez un psy quand il y a des aéroports pleins de gens désœuvrés tout disposés à m'écouter ?

— Il vaut mieux entendre ça que d'être sourd.

— Je me suis mis à rechercher cette fille partout. Au début, je passais mon temps au cimetière de Montmartre, dans l'espoir qu'elle y revienne. Elle n'y revint pas.

— Comme c'est curieux, cette victime si peu pressée de revoir le lieu de son supplice.

— A croire que cela lui avait laissé un mauvais souvenir.

— Vous parlez sérieusement ?

— Oui.

— Vous êtes assez malade pour supposer qu'elle aurait pu aimer ça ?

— C'est flatteur, un viol. Ça prouve qu'on est capable de se mettre hors la loi pour vous.

— La loi. Vous n'avez que ce mot à la bouche. Vous croyez que cette malheureuse pensait à la loi, quand vous... ? Vous mériteriez d'être violé pour comprendre.

— J'aimerais beaucoup. Hélas, personne ne semble en avoir eu envie.

— Ça ne m'étonne pas.

— Suis-je donc si laid ?

— Pas tant que ça. Ce n'est pas le problème.

— Où est-il, alors, le problème ?

— Vous avez vu comment vous abordez les gens ? Vous en êtes incapable autrement que par la violence. La première fille que vous avez désirée, vous l'avez violée. Et quand vous avez envie de parler à quelqu'un, à moi par exemple, vous vous imposez. Moi aussi, vous me violez, certes d'une façon moins infecte, mais quand même. Vous n'avez jamais envisagé d'avoir une forme de relation humaine avec quelqu'un de consentant ?

— Non.

— Ah !

— Qu'est-ce que ça m'apporterait, le consentement d'autrui ?

— Des tas de choses.

— Soyez concret, je vous prie.

— Essayez, vous verrez.

— Trop tard. J'ai quarante ans et, en amitié comme en amour, je n'ai jamais plu à personne. Je n'ai pas même inspiré de camaraderie ou de vague sympathie à quiconque.

— Faites un effort. Rendez-vous attrayant.

— Pourquoi ferais-je un effort ? Je suis content comme ça, moi. Ça m'a plu, ce viol ; ça me plaît, de vous forcer à m'écouter. Pour accepter l'effort, il faut ne pas être satisfait de son sort.

— Et ce qu'en pensent vos victimes, ça vous indiffère ?

— Ça m'est égal.

— C'est ce que je craignais : vous êtes incapable d'éprouver de l'empathie. C'est typique des gens qui n'ont pas été aimés pendant leur petite enfance.

— Vous voyez : pourquoi irais-je chez un psy alors que je vous ai sous la main ?

— Ce sont des rudiments.

— Je crois en effet que mes parents ne m'ont pas aimé. Ils sont morts quand j'avais quatre ans et je ne me souviens pas d'eux. Mais ils se sont suicidés et il me semble que, quand on aime son enfant, on ne se suicide pas. On les a retrouvés, pendus, l'un à côté de l'autre, à la poutre du salon.

— Pourquoi se sont-ils tués ?

— Aucune explication. Ils n'avaient

laissé aucun message. Mes grands-parents n'ont jamais compris.

— Je devrais sans doute vous plaindre et, pourtant, je n'en ai aucune envie.

— Vous avez raison. Il n'y a pas lieu d'avoir pitié de moi.

— Les violeurs, ça ne m'inspire que du dégoût.

— Je n'ai commis qu'un seul viol : cela suffit-il à faire de moi un violeur ?

— Qu'est-ce que vous croyez ? Qu'il faut atteindre un certain quota de victimes pour mériter ce mot ? C'est comme pour assassin : il suffit d'un assassiné.

— C'est amusant, le langage. La seconde qui a précédé mon acte, j'étais un être humain ; la seconde d'après, j'étais un violeur.

— J'ai horreur que vous jugiez ça drôle.

— Au moins ai-je été un violeur d'une fidélité exemplaire. Je n'ai jamais violé ni même touché une autre femme. Ce fut le seul rapport sexuel de mon existence.

— Ça lui fait une belle jambe, à la victime.

— C'est tout ce que vous trouvez à dire ?

— Qu'un détraqué de votre espèce n'ait pas de vie sexuelle ne m'étonne pas.

— Ça ne vous paraît pas romantique, cette abstinence ?

— Vous êtes le personnage le moins romantique qu'on puisse imaginer.

— Je ne suis pas de cet avis. Peu importe. J'en reviens à mon histoire. J'ai fini par cesser d'aller au cimetière de Montmartre, comprenant que c'était le dernier endroit où cette fille voulait aller. Ce fut pour moi le début d'une longue errance à travers Paris, à la recherche de celle qui m'obsédait de plus en plus. Je sillonnais la ville avec méthode, arrondissement par arrondissement, quartier par quartier, rue par rue, station de métro par station de métro.

— L'aiguille dans la botte de foin.

— Les années ont passé. Je vivotais toujours de mon héritage. A part le loyer et la nourriture, je n'avais aucune dépense. Je n'avais besoin d'aucun divertissement ; quand je ne dormais

pas, je n'avais d'autre activité que mar-
cher dans Paris.

— La police ne vous a pas inquiété ?

— Non. La victime n'avait pas porté
plainte, je pense.

— Quelle erreur de sa part !

— Et quel paradoxe : ce n'était pas le
criminel qui était recherché, mais la
victime.

— Pourquoi la recherchiez-vous ?

— Par amour.

— Quand on voit ce que certaines
personnes appellent amour, on a envie
de vomir.

— Attention : si vous vous aventurez
sur ce registre, vous allez avoir droit à
une dissertation sur l'amour.

— Non, par pitié.

— C'est bon pour cette fois. Il y a dix
ans, soit dix années après le viol, je me
baladais dans le XXe arrondissement,
en mangeant un hot dog de derrière les
fagots — et que vois-je, boulevard de
Ménilmontant ? Elle ! Elle, à n'en pas
douter. Je l'aurais reconnue entre
quatre milliards de femmes. La bruta-
lité sexuelle, ça crée des liens. Dix
années n'avaient réussi qu'à la rendre
encore plus belle, fine, déchirante. Je

me mis à la courser. Dira-t-on assez la mauvaise fortune qui consiste à être en train de bouffer une saucisse chaude pleine de moutarde le jour où, après dix années de traversée du désert, on retrouve sa bien-aimée ? Je la suivais en avalant de travers.

— Il fallait jeter votre casse-croûte.

— Vous êtes fou. On voit bien que vous ne connaissez pas les hot dogs du boulevard de Ménilmontant : ça ne se jette pas. Si je m'en étais débarrassé, j'en aurais voulu à la dame de mes pensées et mon amour serait devenu moins pur. Inconsciemment, je lui aurais reproché la perte de ma saucisse.

— Passons sur ces considérations d'une profondeur vertigineuse.

— Je suis le seul homme assez sincère pour dire des choses pareilles.

— Bravo. La suite.

— Vous voyez, mon récit vous passionne ! Je savais bien que vous seriez mordu tôt ou tard. Devinez ce que ma bien-aimée allait faire ?

— S'acheter un hot dog ?

— Non ! Le vendeur de saucisses est situé juste en face du Père-Lachaise, où elle se rendait. J'aurais dû m'en douter :

puisque je l'avais dégoûtée du cimetière de Montmartre, il avait bien fallu qu'elle se rabatte sur une autre nécropole. Le viol ne lui avait pas fait perdre le noble goût des cimetières. Celui de Montparnasse étant trop moche, elle avait élu le Père-Lachaise, qui serait sublime s'il n'était encombré de tant de vivants.

— Ce qui y rend les viols nettement plus difficiles.

— Eh oui. Où va-t-on si on ne peut même plus assouvir ses pulsions dans les cimetières ?

— Tout fout le camp, mon bon monsieur.

— Je la suivis donc parmi les tombes. Cela me rappelait des souvenirs. Elle prit une allée qui montait. J'admirais sa démarche d'animal sur le qui-vive. Quand j'eus fini le hot dog, je la rejoignis. Mon cœur battait à tout rompre. Je lui dis : « Bonjour ! Est-ce que vous me reconnaissez ? » Elle s'excusa poliment en répondant par la négative.

— Comment est-il possible qu'elle ne vous ait pas reconnu ? Aviez-vous tant changé en dix ans ?

— Je ne sais pas. Je ne me suis

jamais beaucoup regardé. Mais son attitude n'était pas si incroyable, vous savez. Quel souvenir garde-t-on d'un violeur ? Pas forcément celui de son visage. Je la regardais avec tant d'amour que je devais sembler très aimable. Elle me sourit. Ce sourire ! J'en eus la poitrine défoncée. Elle me demanda où nous nous étions rencontrés. J'affectai de le prendre sur le mode de la devinette. Elle dit : « Avec mon mari, je sors souvent. Je suis incapable de retenir le visage des gens que je croise. »

— Elle s'était donc mariée.

— Nous avons bavardé. Elle surmontait sa timidité avec beaucoup de grâce. Le plus drôle était que je ne connaissais toujours pas son prénom. Je n'allais quand même pas le lui demander, alors que c'était elle qui était censée deviner mon identité. Elle finit par me dire : « Je donne ma langue au chat. »

— Et qu'avez-vous répondu à la pauvre souris ?

— Texel. Textor Texel.

— J'aurais dû m'en douter.

— Elle s'est excusée à nouveau : « Ce nom ne me dit rien. » J'ai ajouté que j'étais hollandais. Elle m'écoutait avec une politesse charmante.

— Elle a eu droit à la totale, elle aussi ? La bouffe des matous, la mort de votre petit camarade de classe, le jansénisme ? Rien ne lui aura été épargné, à la malheureuse.

— Non. Car il y a eu un miracle. Elle a eu l'air de se souvenir : « Oui, monsieur Texel. C'était à Amsterdam, dans un restaurant. J'avais accompagné mon mari à ce déjeuner d'affaires » — j'étais un peu dégoûté de penser que son époux avait des déjeuners d'affaires mais je n'allais pas laisser passer cette occasion inespérée de lui inspirer confiance.

— Je trouve incroyable qu'elle ait pu oublier son agresseur.

— Attendez. Elle m'a demandé comment allait ma femme, une certaine Lieve, avec laquelle elle avait sympathisé pendant ce fameux déjeuner qui remontait à trois ou quatre années auparavant. Pris de court, j'ai répondu qu'elle allait très bien et qu'elle vivait avec moi à Paris désormais.

— C'est un vaudeville, votre histoire.

— Alors elle nous a invités, ma

femme et moi, à venir prendre le thé chez elle le lendemain après-midi. Vous vous rendez compte ? Etre convié par sa victime à prendre le thé ! C'était tellement incongru que j'ai accepté. Le bon côté de l'affaire, c'est qu'elle me donna son adresse, sinon son nom que j'étais censé connaître.

— Et vous y êtes allé ?

— Oui, après une nuit blanche. J'étais indiciblement heureux de l'avoir retrouvée, je ne parvenais même pas à m'inquiéter. Par ailleurs, j'espérais qu'il y aurait son nom sur la porte de son appartement, comme c'est souvent le cas, histoire de connaître enfin son identité. Hélas, le lendemain, aucun nom près de la sonnette. Elle m'a ouvert. Son visage s'est d'abord éclairé puis assombri. « Vous n'êtes pas venu avec Lieve ! » Je lui ai raconté que ma femme était souffrante. Elle m'a installé au salon et est allée préparer le thé. J'ai pensé alors qu'elle n'avait pas de boniche et que ça m'arrangeait bien, de me retrouver seul avec elle dans son appartement.

— Vous aviez l'intention de la violer à nouveau ?

— Il ne faut pas rééditer ce qui a été trop parfait. On ne pourrait qu'être déçu. Cela dit, si elle me l'avait proposé...

— En ce cas, ce n'aurait pas été un viol.

— Logique implacable. Voyez-vous, ma très courte expérience me donne l'intuition qu'avec le consentement de l'autre, le sexe doit être un jeu un peu fade.

— Vous parlez *ex cathedra*.

— Mettez-vous à ma place. Je n'ai baisé qu'une fois et c'était un viol. Je ne connais du sexe que sa violence. Enlevez au sexe sa violence : que reste-t-il ?

— L'amour, le plaisir, la volupté...

— Oui : des choses mièvres, quoi. Je ne me suis jamais nourri que de tabasco et vous me proposez des gâteaux de riz.

— Oh, moi, je ne vous propose rien !

— Elle non plus, d'ailleurs, elle ne me proposait rien.

— Ça règle la question.

— En effet. C'était comique, se faire servir une tasse de thé par sa victime polie et charmante, dans son joli salon. « Encore un peu de thé, monsieur Texel ? — Appelez-moi Textor. » Hélas, elle n'eut pas la bonne idée de me révéler son prénom en retour. « Aimez-vous Paris ? » Nous discutions très civilement. Je me régalais de son visage.

— Incroyable, qu'elle ne vous ait pas reconnu.

— Attendez. A un moment, elle a dit quelque chose de drôle, et j'ai ri. J'ai ri à gorge déployée. Et là, je l'ai vue changer de figure. Ses yeux sont devenus polaires et se sont figés sur mes mains, comme si elle les reconnaissait également. Il faut supposer que j'ai un rire caractéristique.

— Il faut aussi supposer que vous aviez ri en la violant, ce qui est un comble.

— Le comble du bonheur, oui. Elle a dit d'une voix glaciale : « C'est vous. » J'ai dit : « Oui, c'est moi. Je suis soulagé que vous ne m'ayez pas oublié. » Elle m'a d'abord longtemps regardé avec haine et horreur. Après un silence interminable, elle a repris : « Oui, c'est bien vous. » J'ai dit : « D'un cimetière l'autre, à dix ans d'intervalle. Je n'ai jamais cessé de penser à vous. Depuis dix ans, ma vie entière est consacrée à vous chercher. » Elle a dit : « Depuis dix ans, ma vie entière est consacrée à vous effacer de ma mémoire. » J'ai dit : « Ça n'a pas marché. » Elle a dit : « J'avais réussi à oublier votre visage mais votre ignoble rire a ressuscité le souvenir. Je n'ai jamais parlé de vous ni de ce qui m'était arrivé à personne, afin de mieux vous enterrer. Je me suis mariée et je m'efforce de vivre de façon outrageusement normale pour me préserver de la folie où vous m'avez plongée. Pourquoi faut-il que vous réapparaissiez dans mon existence juste au moment où j'étais en train de guérir ? »

— Oui, c'est vrai, pourquoi

— J'ai dit : « Par amour. » Elle a eu un haut-le-cœur.

— Comme je la comprends.

— J'ai dit : « Je vous aime. Je n'ai touché ni même voulu une autre femme que vous. J'ai fait l'amour une seule fois dans ma vie et c'était avec vous. » Elle a dit que ça ne s'appelait pas faire l'amour. J'ai dit : « Je n'ai jamais cessé de vous parler dans ma tête. Vais-je enfin avoir mes réponses ? » Elle a dit non. Elle m'a ordonné de partir. Bien entendu, je ne lui ai pas obéi. J'ai dit : « Rassurez-vous, il est hors de question

que je vous viole à nouveau. » Elle a
dit : « Il est hors de question que vous
me violiez, en effet. Nous ne sommes
plus dans un cimetière mais chez moi.
J'ai des couteaux dont je n'hésiterai pas
à me servir. » J'ai dit : « Justement,
j'étais venu ici pour ça. »

— Pardon ?

— Elle a réagi comme vous. J'ai dit :
« Je voulais vous revoir pour deux rai-
sons. D'abord pour connaître enfin votre
prénom. Ensuite pour que vous vous
vengiez. » Elle a dit : « Vous n'aurez ni
l'un ni l'autre. Sortez. » J'ai dit que je ne
sortirais pas sans avoir mon dû. Elle a
dit que rien ne m'était dû. J'ai dit :
« N'avez-vous donc pas de désir de vengeance ? » Elle a dit : « Je vous souhaite
tout le mal de l'univers mais je ne veux
pas m'en mêler. Je veux que vous dispa-
raissiez de mon existence pour toujours. » J'ai dit : « Enfin, ça ne vous
ferait pas du bien, de me tuer ? C'est
pour le coup que je disparaîtrais de votre
existence ! » Elle a dit : « Ça ne me ferait
aucun bien et vu les ennuis que j'aurais
ensuite avec la justice, ça vous incruste-
rait encore davantage dans ma vie. »

— Pourquoi n'a-t-elle pas appelé la police ?

— Je ne l'aurais pas laissée faire. De toute façon, ça ne semblait pas son souhait : elle avait eu dix années pour avertir la police et n'avait pas usé de ce recours.

— Pourquoi ?

— Elle ne voulait parler de ce viol à personne dans l'espoir qu'il quitte sa mémoire.

— Elle était forcée de constater son erreur puisque le violeur l'avait retrouvée.

— Moi, je ne voulais pas de cette justice au rabais. Je voulais une justice de première main, celle qu'elle aurait rendue elle-même en me tuant.

— Vous vouliez qu'elle vous tue ?

— Oui. J'en avais besoin.

— Vous êtes un fou furieux.

— Je ne trouve pas. Pour moi, un fou, c'est un être dont les comportements sont inexplicables. Je peux vous expliquer tous les miens.

— Vous êtes bien le seul.

— Cela me suffit amplement.

— Si vous aviez tant besoin de mou-

66

rir pour expier, pourquoi ne vous suicidiez-vous pas ?

— Quel est ce charabia romantique ? D'abord, je n'avais pas besoin de mourir, j'avais besoin d'être tué.

— Cela revient au même.

— La prochaine fois que vous aurez envie de faire l'amour, on devrait vous dire : « Masturbez-vous. Cela revient au même. » Ensuite, où allez-vous chercher que je désirais expier ? Cela laisserait supposer que je regrettais ce viol, qui fut l'unique acte digne de ce nom de mon existence.

— Si vous n'aviez aucun remords, pourquoi vouliez-vous qu'elle vous tue ?

— Je voulais qu'elle ait sa part. Je voulais ce que veut tout amoureux : la réciprocité.

— En ce cas, il aurait été plus logique de vouloir qu'elle vous viole.

— Certes. Mais à l'impossible nul n'est tenu. Je ne pouvais pas espérer ça. Etre assassiné par elle, c'était une solution de remplacement.

— Comme s'il y avait une équivalence entre le sexe et le meurtre. C'est ridicule.

— C'est pourtant ce qu'affirment des savants très éminents.

— Le pire, c'est que vous êtes prétentieux jusque dans vos dérèglements mentaux.

— Quoi qu'il en soit, nous parlons dans le vide puisqu'elle ne voulait pas me tuer. Ce ne fut pas faute d'insister : je trouvai cent arguments pour la persuader. Tous rejetés. J'ai fini par lui demander si ce n'étaient pas ses convictions religieuses qui lui interdisaient de se venger. Elle a dit qu'elle n'en avait aucune. J'ai dit : « Enfin, quand on n'a pas de religion, on est libre de faire ce qu'on veut ! » Elle a dit : « Ce que je veux, ce n'est pas vous tuer. Je voudrais que vous soyez en prison à perpétuité, hors d'état de nuire, et que vos compagnons de cellule vous en fassent baver. » J'ai dit : « Pourquoi ne pas vous en charger vous-même ? Pourquoi déléguer ses désirs ? » Elle a dit : « Je ne suis pas d'un naturel violent. » J'ai dit : « Je suis déçu. » Elle a dit : « Je suis contente de vous décevoir. »

— Vous me donnez le tournis avec vos « j'ai dit... elle a dit... j'ai dit... elle a dit... ».

— Dans la Genèse, quand Dieu vient interroger Adam après le coup du fruit interdit, c'est comme ça que le pleutre retrace le comportement de sa femme : « J'ai dit... elle a dit... » Pauvre Eve.

— Pour une fois, nous sommes d'accord.

— Nous le sommes beaucoup plus que vous ne l'imaginez. J'ai dit : « En ce cas, qu'est-ce que vous proposez ? » Elle a dit : « Disparaissez à jamais. » J'ai dit : « On ne peut pas se quitter comme ça ! » Elle a dit : « On le peut et on le doit. » J'ai dit : « Il n'en est pas question. Je vous aime trop pour ça. J'ai besoin qu'il se passe quelque chose. » Elle a dit : « Je me fiche de vos besoins. » J'ai dit : « Vous n'auriez pas dû dire ça. Ce n'est pas gentil. » Elle a ri.

— Il y avait de quoi.

— J'ai dit : « Vous me décevez. » Elle a dit : « Vous ne manquez pas d'air. Non seulement vous me violez, mais en plus il faudrait que je sois à la hauteur de vos attentes ? » J'ai dit : « Et si je vous aidais à me tuer ? Vous verrez, je me montrerai très coopératif. » Elle a dit : « Je ne verrai rien. Vous allez partir, maintenant. » J'ai dit : « Au début, vous évoquiez des couteaux. Où sont-ils ? » Elle n'a pas répondu. Je suis allé dans la cuisine et j'ai trouvé un grand couteau.

— Pourquoi n'a-t-elle pas essayé de s'enfuir ?

— Je la tenais fermement d'une main. De l'autre, j'ai placé le couteau dans son poing. J'ai mis la lame contre mon ventre, j'ai dit : « Allez-y. » Elle a dit : « Pas question. Vous seriez trop content. » J'ai dit : « Ne le faites pas pour moi, faites-le pour vous. » Elle a dit : « Je vous répète que je n'en ai aucune envie. » J'ai dit : « Alors faites-le sans en avoir envie, pour me plaire. » Elle a rigolé : « Plutôt crever que vous plaire ! » J'ai dit : « Attention, je pourrais vous prendre au mot. » Elle a dit : « Je n'ai pas peur de vous, espèce de détraqué ! » J'ai dit : « Il faut que ce couteau serve, en êtes-vous consciente ? Il faut que du sang soit répandu. Comprenez-vous ? » Elle a dit : « Il ne faut jamais rien. » J'ai dit : « Il le faut ! » et je lui ai repris l'arme. Elle a compris mais il était trop tard. Elle a essayé de se débattre. En vain. Elle n'était pas costaude. J'ai enfoncé la lame dans son ventre. Elle n'a pas crié. J'ai dit : « Je vous aime. Je voulais seulement connaître votre prénom. » Elle est tombée en murmurant avec un rictus : « Vous avez une singulière façon de demander aux gens comment ils s'appellent. » C'était une mourante très civilisée. J'ai dit : « Allez, dites-le ! » Elle a dit : « Plutôt mourir. » Ce furent ses dernières paroles. De rage, j'ai lacéré son giron de coups de couteau. Peine perdue, elle avait gagné : elle était morte sans que je puisse la nommer.

Il y eut un silence. Jérôme Angust semblait avoir reçu un coup sur la tête. Textor Texel reprit :

— Je suis parti en emportant le couteau. Sans le vouloir, j'avais commis le crime parfait : personne ne m'avait vu venir, à part la victime. Je n'avais pas dû laisser d'empreintes suffisantes pour me retrouver. La preuve, c'est que je suis toujours en liberté. Le lendemain, dans le journal, j'ai enfin eu la réponse à ma question. On avait découvert, dans l'appartement que désormais je connaissais, le cadavre d'une certaine Isabelle. Isabelle ! J'étais ravi.

Il y eut à nouveau un silence.

— Cette fille, je la connaissais mieux que personne. Je l'avais violée, ce qui n'est déjà pas mal ; je l'avais assassinée, ce qui reste la meilleure méthode pour découvrir intimement quelqu'un. Mais il me manquait une pièce maîtresse du puzzle : son prénom. Cette lacune m'avait été insupportable. J'avais été, pendant dix années, dans la situation d'un lecteur obsédé par un chef-d'œuvre, par un livre clé qui aurait donné un sens à sa vie, mais dont il aurait ignoré le titre.

Silence.

— Et là, je découvrais le titre de l'œuvre adorée : son prénom. Et quel prénom ! Pendant toutes ces années, j'avoue avoir eu peur à l'idée que la dame de mes pensées pût s'appeler Sandra, Monique, Raymonde ou Cindy. Ouf, suprême ouf, elle portait un prénom ravissant, musical, aimable et limpide comme de l'eau de source. Un prénom, c'est déjà quelque chose, disait l'infortuné Luc Dietrich. On a déjà tant à aimer quand on ne sait de l'aimée que son prénom. Je savais son prénom, son sexe et sa mort.

— Et vous appelez ça connaître quelqu'un ? dit Angust d'une voix de haine démesurée.

— J'appelle même cela aimer quelqu'un. Isabelle fut aimée et connue mieux que quiconque.

— Pas par vous.

— Par qui, sinon par moi ?

— Ne vous viendrait-il pas à l'esprit, espèce de détraqué, que connaître quelqu'un c'est vivre avec lui, parler avec lui, dormir avec lui, et non le détruire ?

— Oh là là, nous allons au-devant de grands et graves lieux communs. Votre prochaine réplique, c'est : « Aimer, c'est regarder ensemble dans la même direction. »

— Taisez-vous !

— Qu'avez-vous, Jérôme Angust ? Vous tirez une de ces têtes !

— Vous le savez bien.

— Ne faites pas votre chochotte. Estimez-vous heureux : je ne vous ai pas raconté les détails du meurtre. Bon sang, ces gens qui n'ont tué personne sont d'une sensiblerie !

— Saviez-vous que le 24 mars 1989 était le vendredi saint ?

— Et moi qui vous croyais irréligieux ?

— Je le suis. Vous pas. Je suppose que vous n'avez pas choisi votre date au hasard.

— Je vous jure que si. Il y a de ces coïncidences.

— J'étais certain que le salaud qui avait fait ça avait des préoccupations mystiques. Je ne sais pas ce qui me retient de vous sauter à la gorge.

— Pourquoi prenez-vous tellement à cœur le sort d'une inconnue morte il y a dix ans ?

— Arrêtez votre cinéma. Depuis combien de temps me poursuivez-vous ?

— Quel narcissisme ! Comme si je vous poursuivais !

— Au début, vous avez tenté de me faire avaler que vous vous en preniez à des quidams, histoire de les harceler pour votre plaisir.

— C'est la vérité.

— Ah bon. S'agit-il toujours d'individus dont vous avez assassiné la femme ?

— Comment ? Vous étiez le mari d'Isabelle ?

— Comme si vous l'ignoriez !

— Et moi qui parlais de coïncidences !

— Assez ! Il y a dix ans, vous avez tué celle qui était ma raison de vivre. Et vous trouvez le moyen de me démolir encore plus, non seulement en me racontant ce meurtre, mais aussi en m'apprenant ce viol d'il y a vingt ans, dont j'ignorais tout.

— Comme les hommes sont égoïstes ! Si vous aviez mieux observé Isabelle, vous auriez su ce qu'elle vous cachait.

— Je voyais qu'il y avait en elle quelque chose de détruit. Elle ne voulait pas en parler.

— Et ça vous arrangeait bien.

— Je n'ai pas de leçon de morale à recevoir de vous.

— C'est là que vous vous trompez. Moi, au moins, j'agis avec courage.

— Ah oui. Le viol, l'assassinat, des actes de grand courage, surtout perpétrés sur la personne d'une frêle jeune femme.

— Et vous, vous savez que j'ai tué et violé Isabelle — et vous ne faites rien.

— Que voulez-vous que je fasse ?

— Il y a quelques minutes, vous parliez de me sauter à la gorge.

— C'est ça que vous voudriez ?

— Oui.

— Je ne vous ferai pas ce plaisir. Je vais appeler la police.

— Lâche ! Pauvre Isabelle ! Vous ne la méritiez pas.

— Elle méritait encore moins d'être violée et assassinée.

— Moi au moins, je vais jusqu'au bout de mes actes. Vous, tout ce dont vous êtes capable, c'est d'appeler la police. La vengeance par procuration !

— Je me rallie au choix d'Isabelle.

— Faux cul ! Isabelle avait le droit de ne pas me châtier, parce qu'elle était la victime. Vous n'avez pas cette liberté. On ne peut pardonner que quand on est l'offensé.

— Il ne s'agit en aucun cas de vous pardonner. Il s'agit de ne pas se rendre justice soi-même.

— Voyez les beaux mots civiques derrière lesquels il cache sa lâcheté !

— Vous avez déjà détruit ma vie. Hors de question que je la finisse en prison par votre faute.

— Comme tout cela est bien calculé !

Aucune prise de risque. On ne se met pas en danger. Isabelle, vous étiez mariée à un homme qui vous aimait avec passion !

— Je suis contre la peine de mort.

— Pauvre nouille ! On lui parle d'amour et il répond comme s'il participait à un débat de société.

— Il faut plus de courage que vous ne le pensez pour être contre la peine de mort.

— Qui vous parle de peine de mort, abruti ? J'imagine que vous êtes contre le vol ; il n'empêche que, si vous tombiez sur une mallette pleine de dollars, vous ne seriez pas assez stupide pour ne pas la prendre. Sautez sur l'occasion, espèce de larve !

— Il n'y a aucun point de comparaison. Vous tuer ne me rendrait pas ma femme.

— Mais ça contenterait un besoin sourd et profond dans vos tripes, ça vous soulagerait !

— Non.

— Qu'est-ce qui coule dans vos veines ? De la tisane ?

— Je n'ai rien à vous prouver, monsieur. Je vais chercher la police.

— Et vous supposez que je serai encore là à votre retour ?

— J'ai eu le temps de vous observer. Je donnerai un signalement très précis.

— Mettons qu'ils me rattrapent. A votre avis, qu'est-ce qui se passe ? Contre moi, vous n'avez que mon récit. Personne ne l'a entendu à part vous. Je n'ai pas l'intention de le répéter à la police. Bref, vous n'avez rien.

— Des empreintes d'il y a dix ans.

— Vous savez pertinemment que je n'en ai pas laissé.

— Il a dû rester de vous quelque chose, un cheveu, un cil, sur les lieux du crime.

— Ce genre de test d'ADN ne se pratiquait pas il y a dix ans. Ne vous obstinez pas, mon vieux. Je ne veux pas être pris par la police et il n'y a aucun risque que cela m'arrive.

— Je ne vous comprends pas. Vous semblez avoir besoin d'un châtiment : pourquoi pas une peine officielle et légale ?

— Je ne crois pas en cette justice-là.

— C'est regrettable : il n'y en a pas d'autre.

— Bien sûr qu'il y en a une autre.

Vous m'emmenez aux toilettes et vous m'y réglez mon compte.

— Pourquoi aux toilettes ?

— Vous semblez ne pas vouloir être pincé par la police. Autant me tuer à l'abri des regards.

— Si on retrouvait votre cadavre aux toilettes, il y aurait mille témoins pour nous avoir vus en grande conversation auparavant. Vous m'avez abordé avec une discrétion rare.

— Je constate avec plaisir que vous commencez à examiner la faisabilité de la chose.

— Pour mieux vous démontrer l'inanité de vos projets.

— Vous oubliez un détail qui vous facilitera la tâche : c'est que je ne vous opposerai aucune résistance.

— Il y a quand même un élément de l'affaire qui m'échappe : pourquoi voulez-vous que je vous supprime ? Qu'est-ce que vous avez à y gagner ?

— Vous l'avez dit il y a quelques minutes : j'ai besoin d'un châtiment.

— Ça, je ne comprends pas.

— Il n'y a rien à comprendre.

— Ce n'est pas banal. La planète fourmille de criminels qui, au contraire, fuient leur châtiment. Cette attitude me paraît plus logique.

— C'est qu'ils ne ressentent pas de culpabilité.

— Vous disiez tout à l'heure que vous n'aviez aucun remords d'avoir violé ma femme.

— Exact. Parce que ça m'avait plu. En revanche, j'ai détesté la tuer. Et j'en éprouve une culpabilité insupportable.

— Alors, si vous aviez pris du plaisir à la tuer, vous n'auriez pas de remords ?

— C'est comme ça que je fonctionne.

— C'est votre problème, mon vieux. Il fallait y réfléchir avant.

— Comment aurais-je pu le savoir, avant, que ça ne me plairait pas de la tuer ? Pour savoir si l'on aime ou non telle ou telle chose, encore faut-il avoir essayé.

— Vous en parlez comme d'un aliment.

— A chacun sa morale. Je juge les actes à l'aune de la jouissance qu'ils donnent. L'extase voluptueuse est le but souverain de l'existence, et ne demande aucune justification. Mais le crime sans plaisir, c'est du mal gratuit, de la nuisance sordide. C'est indéfendable.

— Et ce qu'en pense la victime, vous en tenez compte ?

— Max Stirner, *L'Unique et sa propriété*, ça vous dit quelque chose ?

— Non.

— Ça ne m'étonne pas. C'est le théoricien de l'égoïsme. L'autre n'existe que pour mon plaisir.

— Magnifique. Les gens qui pensent ça, il faut les enfermer.

— « La vraie morale se moque de la morale. » Ça, c'est de Pascal. Vive le jansénisme !

— Le pire, avec vous, c'est que vous trouvez des prétextes intellectuels à vos actions lamentables et sadiques.

— Si je suis si détestable, tuez-moi.

— Je ne le veux pas.

— Qu'est-ce que vous en savez ? Vous n'avez jamais essayé. Vous allez peut-être adorer.

— Votre morale ne sera jamais la mienne. Vous êtes un fou furieux.

— Cette manie de qualifier de fous ceux que l'on ne comprend pas ! Quelle paresse mentale !

— Un type qui a besoin que je le tue pour un problème de culpabilité, c'est un dingue. Vous disiez tout à l'heure qu'un fou est un être dont les comportements sont inexplicables. Eh bien, votre besoin de châtiment est inexplicable : il ne colle absolument pas avec votre morale de l'égoïsme pur et dur.

— Ce n'est pas certain. Je n'ai jamais été tué par quelqu'un. C'est peut-être très agréable. Il ne faut pas préjuger des sensations que l'on ne connaît pas.

— Imaginez que ce soit désagréable : ce serait irrémédiable.

— Même si c'est désagréable, cela ne durera qu'un moment. Et après...

— Oui, après ?

— Après, c'est identique : je n'ai jamais été mort. C'est peut-être formidable.

— Et si ce ne l'est pas ?

— Mon vieux, un jour ou l'autre ça m'arrivera, de toute façon. Vous voyez : c'est aussi bien conçu que le pari de Pascal. J'ai tout à y gagner, rien à y perdre.

— La vie ?

— Je connais. C'est surfait.

— Comment expliquez-vous que tant de gens y tiennent ?

— Ce sont des gens qui ont, dans ce

monde, des amis et des amours. Je n'en ai pas.

— Et pourquoi voudriez-vous que moi, qui vous méprise au dernier degré, je vous rende ce service ?

— Pour assouvir votre désir de vengeance.

— Mauvais calcul. Vous seriez arrivé deux jours après le meurtre, je vous aurais sans doute démoli. En venant dix ans plus tard, il fallait prévoir que ma haine aurait refroidi.

— Si j'étais venu deux jours après les faits, l'enquête policière demeurait possible. Le délai de dix ans me plaisait d'autant plus qu'il équivalait à celui séparant le viol de l'assassinat. Je suis un criminel qui a le sens des anniversaires. Puis-je attirer votre attention sur la date d'aujourd'hui ?

— Nous sommes le... 24 mars !

— Vous n'y avez pas pensé ?

— J'y pense chaque jour, monsieur, pas seulement chaque 24 mars.

— J'avais le choix entre le 4 octobre, date du viol, et le 24 mars, date du meurtre. J'ai pensé qu'entre vous et moi, ce ne serait certainement pas un viol.

— Vous m'en voyez soulagé.

— Il y avait plus de chances que ce soit un meurtre. Certes, j'eusse préféré que les trois dates coïncidassent : c'eût été d'une classe ! A dix ans d'intervalle, chaque 4 octobre ou chaque 24 mars ! Hélas, la vie n'est pas aussi parfaite que nous le souhaiterions.

— Pauvre maniaque.

— Vous disiez que votre haine avait refroidi en dix ans. Rassurez-vous : vous pouvez compter sur moi pour la réchauffer.

— C'est inutile. Je ne vous tuerai pas.

— C'est ce que nous verrons.

— C'est tout vu.

— Chiffe molle !

— Ça vous énerve, hein ?

— Vous n'allez quand même pas laisser un tel crime impuni !

— Qui me dit que c'est vous ? Vous êtes assez malade pour avoir inventé cette histoire.

— Vous doutez de moi ?

— A fond. Vous n'avez aucune preuve de ce que vous avancez.

— C'est le comble ! Je peux vous décrire Isabelle par le menu.

— Ça ne prouve rien.

— Je peux vous donner d'elle des détails intimes

— Cela prouvera que vous l'avez connue intimement, non que vous l'avez violée et assassinée.

— Je peux prouver que je l'ai assassinée. Je sais très précisément dans quelle position vous avez découvert le corps et où ont été portés les coups de couteau.

— Vous avez pu obtenir ces détails de la bouche de l'assassin.

— Vous allez me rendre fou !

— C'est déjà fait.

— Pourquoi irais-je m'accuser d'un crime que je n'aurais pas commis ?

— Allez savoir, avec un cinglé de votre espèce. Pour le plaisir d'être tué par moi.

— Il ne faut pas oublier que c'est mon sentiment de culpabilité qui m'a inspiré le besoin d'être tué par vous.

— Si c'était vrai, vous ne vous en vanteriez pas tant. Le remords est une faute supplémentaire.

— Vous citez Spinoza !

— Vous n'êtes pas le seul à avoir des lettres, monsieur.

— Je n'aime pas Spinoza !

— C'est normal. Je l'aime beaucoup.

— Je vous ordonne de me tuer !

— Ne pas aimer Spinoza n'est pas une raison suffisante pour que je vous tue.

— J'ai violé et tué votre femme !

— Vous dites ça à chaque malheureux que vous venez harceler dans un aéroport ?

— Vous êtes le premier, le seul à qui j'ai réservé ce sort.

— C'est trop d'honneur. Hélas, je n'en crois rien : votre mécanique est trop bien rodée pour que ce soit la première fois. Ça sent son harceleur patenté.

— Ne voyez-vous pas que vous êtes l'élu ? Un être aussi janséniste que moi n'accepterait pas d'être tué par quelqu'un dont il n'aurait pas violé et assassiné la femme.

— Qui espérez-vous convaincre avec un argument aussi tordu ?

— Vous êtes tellement lâche ! Vous essayez de vous persuader que je ne suis pas l'assassin afin de ne pas avoir à me tuer !

— Je regrette. Aussi longtemps que vous n'aurez pas une vraie preuve matérielle de votre acte, je n'aurai aucune raison de vous croire.

— Je sais où vous voulez en venir ! Vous espérez qu'il existe une preuve matérielle qui vous servira d'argument pour me dénoncer à la police. Car, sans cette preuve, vous n'avez rien contre moi. Désolé, pauvre lâche, il n'y a aucune pièce à conviction. Avec la police, ce serait votre parole contre la mienne. Justice sera rendue par vos mains ou alors ne sera pas rendue : mettez-vous ça dans le crâne une fois pour toutes.

— Il n'y a rien de juste à se venger d'un fou qui se prétend assassin. Vous affirmiez aussi avoir tué votre petit camarade de classe, quand vous vous étiez contenté d'avoir prié contre lui ; je vois le genre de meurtrier que vous êtes.

— Et l'arme du crime, vous continuez à penser que c'est l'assassin qui me l'a fourguée ? Pourquoi vous obstinez-vous à croire des choses aussi tordues quand la vérité est si simple ?

— Je suis à l'aéroport, j'apprends que mon avion est retardé. Un type s'assied à côté de moi et commence à me baratiner. Après des confidences assommantes, il me révèle, au détour d'une phrase, qu'il a violé ma femme il y a vingt ans et qu'il l'a tuée il y a dix ans. Et vous trouveriez naturel que je gobe ça ?

— En effet. C'est que votre version est très inexacte.

— Ah ?

— Quand avez-vous appris que vous partiez en voyage d'affaires à Barcelone ce 24 mars ?

— Ça ne vous regarde pas.

— Vous ne voulez pas le dire ? Je le dirai donc. Il y a deux mois, votre chef a reçu un coup de téléphone de Barcelone, lui parlant de nombreux marchés intéressants et d'une assemblée générale le 24 mars. Vous vous doutez de l'identité de ce Catalan, aussi catalan que vous et moi, et qui appelait de chez lui, à Paris.

— Le nom de mon chef ?

— Jean-Pascal Meunier. Vous ne me croyez toujours pas ?

— Tout ce que ça prouve, c'est que vous êtes un emmerdeur. Ça, je le savais déjà.

— Un emmerdeur efficace, non ?

— Disons plutôt un emmerdeur bien renseigné.

— Efficace, je maintiens : n'oubliez pas le coup du retard d'avion.

— Quoi ? Ça aussi, c'est vous ?

— Benêt, c'est maintenant que vous le comprenez ?

— Comment avez-vous fait ?

— Comme avec votre chef : un coup de téléphone. D'une cabine de l'aéroport, j'ai appelé pour dire qu'une bombe était dissimulée dans l'appareil. C'est fou ce que l'on peut nuire, de nos jours, avec un bête coup de fil !

— Vous savez que je pourrais vous dénoncer à la police pour ça ?

— Je sais. A supposer que vous les en persuadiez, j'en serais quitte pour une très grosse amende.

— Une énorme amende, monsieur.

— Et ça suffirait à vous venger du viol et du meurtre de votre femme, que je m'en tire avec du fric ?

— Vous avez tout prévu, espèce d'ordure.

— Je suis content de vous voir revenir à de meilleurs sentiments.

— Attendez. Ça vous sert à quoi, ce retard d'avion ?

— Et si vous réfléchissiez, pour une fois ? Vous voyez bien que cet échange ne pouvait avoir lieu que dans la salle d'attente d'un aéroport. Il fallait un endroit où je puisse vous coincer. Vous deviez prendre cet avion, vous ne pouviez pas vous permettre de partir !

— Maintenant, je sais que c'est du bidon, donc je peux partir.

— A présent, vous pouvez savoir que c'est du bidon. Mais vous ne pouvez pas laisser filer celui qui a détruit votre vie.

— Et pourquoi avez-vous mis tant de temps à me le dire ? Pourquoi vous êtes-vous embarqué dans vos histoires de pâtée pour chats, au lieu d'arriver et de déclarer d'entrée de jeu : « Je suis l'assassin de votre femme » ?

— Ça ne se fait pas. Je suis quelqu'un d'extrêmement formaliste. J'agis en fonction d'une cosmétique rigoureuse et janséniste.

— Qu'est-ce que les produits de beauté viennent faire là-dedans ?

— La cosmétique, ignare, est la science de l'ordre universel, la morale suprême qui détermine le monde. Ce n'est pas ma faute si les esthéticiennes ont récupéré ce mot admirable. Il eût été anticosmétique de débarquer en vous révélant d'emblée votre élection. Il fallait vous la faire éprouver par un vertige sacré.

— Dites plutôt qu'il fallait m'emmerder à fond !

— Ce n'est pas faux. Pour convaincre un élu de sa mission, il faut en passer par ses nerfs. Il faut mettre les nerfs de l'autre à vif, afin qu'il réagisse vraiment, avec sa rage, et non avec son cerveau. Je vous trouve d'ailleurs encore beaucoup trop cérébral. C'est à votre peau que je m'adresse, comprenez-vous.

— Pas de chance pour vous : je ne suis pas aussi manipulable que vous l'espériez.

— Vous croyez encore que je cherche à vous manipuler, quand je vous montre ce que serait votre voie naturelle, votre destin cosmétique. Moi, voyez-vous, je suis un coupable. Tous les criminels n'ont pas un sentiment de culpabilité mais, quand ils l'ont, ils ne pensent plus qu'à ça. Le coupable va vers son châtiment comme l'eau vers la mer, comme l'offensé vers sa vengeance. Si vous ne vous vengez pas, Jérôme Angust, vous resterez quelqu'un d'inaccompli, vous n'aurez pas endossé votre élection, vous ne serez pas allé à la rencontre de votre destin.

— A vous écouter, on croirait que vous vous êtes conduit comme ça dans le seul but d'être châtié un jour.

— Il y a de cela.

— C'est débile.

— On a les criminels qu'on mérite.

— Vous ne pourriez pas être l'une de ces brutes sans conscience, qui tuent sans éprouver le besoin de venir s'expliquer et se justifier ensuite pendant des heures ?

— Vous auriez préféré que votre femme ait été violée et assassinée par un bulldozer de ce genre ?

— J'aurais préféré qu'elle ne soit ni violée ni assassinée. Mais tant qu'à faire, oui, j'aurais préféré une vraie brute à un taré de votre espèce.

— Je vous le répète, cher Jérôme Angust, on a les criminels qu'on mérite.

— Comme si ma femme avait mérité ça ! C'est odieux, ce que vous dites !

— Pas votre femme : vous !

— C'est encore plus odieux ! Pourquoi s'en est-on pris à elle plutôt qu'à moi, alors ?

— Votre « on » m'amuse beaucoup.

— Ça vous amuse ? C'est le comble ! Pourquoi souriez-vous comme un crétin, d'ailleurs ? Vous trouvez qu'il y a de quoi rire ?

— Allons, calmez-vous.

— Vous trouvez qu'il y a de quoi être calme ? Je ne peux plus vous supporter !

— Tuez-moi donc. Vous m'emmenez aux toilettes, vous me fracassez le crâne contre un mur et on n'en parle plus.

— Je ne vous ferai pas ce plaisir. Je vais chercher la police, monsieur. Je suis sûr qu'on décèlera un moyen de vous coincer. Les analyses d'ADN n'étaient pas en application il y a dix ans mais elles le sont aujourd'hui. Je suis sûr que vous avez laissé un cheveu ou un cil sur les lieux du crime. Cela suffira.

— Bonne idée. Allez chercher la police. Vous croyez que je serai là à votre retour ?

— Vous m'accompagnerez.

— Vous vous imaginez que j'ai envie de vous accompagner ?

— Je vous l'ordonne.

— Amusant. Quel moyen de pression avez-vous sur moi ?

Le sort voulut que deux policiers passent par là à cet instant. Jérôme se mit à hurler : « Police ! Police ! » Les deux hommes l'entendirent et accoururent, ainsi que de nombreux badauds de l'aéroport.

— Messieurs, arrêtez cet homme, dit Angust, en montrant Texel assis à côté de lui.

— Quel homme ? demanda l'un des policiers.

— Lui ! répéta Jérôme en pointant Textor qui souriait.

Les représentants de l'ordre se regardèrent l'un l'autre avec perplexité, puis ils contemplèrent Angust, l'air de penser : « Qu'est-ce que c'est que ce dingue ? »

— Vos papiers, monsieur, dit l'un.

— Quoi ? s'indigna Jérôme. C'est à moi que vous demandez mes papiers ? C'est à lui qu'il faut les demander !

— Vos papiers ! répéta l'homme avec autorité.

Humilié, Angust donna son passeport. Les flics le lurent avec attention puis le lui rendirent en disant :

— C'est bon pour une fois. Mais ne vous moquez plus de nous.

— Et lui, vous ne le contrôlez pas ? insista Jérôme.

— Vous avez de la chance qu'on ne doive pas passer d'alcootest pour prendre l'avion.

Les policiers s'en allèrent, laissant Angust stupéfait et furieux. Tout le monde le dévisageait comme s'il était fou. Le Hollandais se mit à rire.

— Eh bien, tu as compris ? demanda Texel.

— De quel droit me tutoyez-vous ? On n'a pas gardé les cochons ensemble.

Textor hurla de rire. Les gens se pressaient autour d'eux pour regarder et écouter. Angust explosa. Il se leva et se mit à crier à l'adresse des spectateurs :

— Vous avez fini ? Je casse la figure au prochain qui nous observe.

Il dut être convaincant car les badauds s'en allèrent. Ceux qui étaient assis à proximité s'écartèrent. Plus personne n'osa les approcher.

— Bravo, Jérôme ! Quelle autorité ! Moi qui ai gardé les cochons avec toi, je ne t'avais jamais vu dans cet état.

— Je vous interdis de me tutoyer !

— Allons, après tout ce qui nous est arrivé ensemble, tu peux bien me tutoyer toi aussi.

— C'est hors de question.

— Je te connais depuis si longtemps.

Jérôme regarda sa montre.

— Même pas deux heures.

— Je te connais depuis toujours.

Angust scruta le visage du Hollandais avec insistance.

— Textor Texel, c'est un nom d'emprunt ? Etiez-vous à l'école avec moi ?

— Te rappelles-tu avoir eu un petit camarade qui me ressemblait ?

— Non, mais c'était il y a longtemps. Vous avez peut-être beaucoup changé.

— A ton avis, pourquoi la police ne m'a-t-elle pas arrêté ?

— Je ne sais pas. Vous êtes peut-être quelqu'un de très connu en haut lieu.

— Et pourquoi les gens t'ont-ils observé comme un dingue ?

— A cause de la réaction des policiers.

— Tu n'as rien compris, décidément.

— Qu'aurais-je dû comprendre ?

— Qu'il n'y avait personne sur le siège à côté de toi.

— Si vous vous prenez pour l'homme invisible, comment expliquez-vous que, moi, je vous vois ?

— Tu es le seul à me voir. Même moi, je ne me vois pas.

— Je ne comprends toujours pas en quoi vos sphingeries à deux francs cinquante vous autorisent à me tutoyer. Je ne vous le permets pas, monsieur.

— Si on n'a plus le droit de se tutoyer soi-même.

— Que dites-vous ?

— Tu as très bien entendu. Je suis toi.

Jérôme regarda le Hollandais comme un demeuré.

— Je suis toi, reprit Textor. Je suis cette partie de toi que tu ne connais pas mais qui te connaît trop bien. Je suis la partie de toi que tu t'efforces d'ignorer.

— J'avais tort d'appeler la police. C'est l'asile d'aliénés qu'il faut contacter.

— Aliéné à toi-même, c'est vrai. Dès le début de notre conversation, je t'ai tendu des perches énormes. Quand je t'ai parlé de l'ennemi intérieur, je t'ai suggéré que je n'avais peut-être pas d'existence en dehors de toi, que j'étais une invention de ton cerveau. A quoi tu m'as répondu avec superbe que tu n'avais pas d'ennemi intérieur, toi. Mon pauvre Jérôme, tu as l'ennemi intérieur le plus encombrant du monde : moi.

— Vous n'êtes pas moi, monsieur. Vous vous appelez Textor Texel, vous êtes hollandais et vous êtes un emmerdeur de première classe.

— Et en quoi ces belles qualités m'empêchent-elles d'être toi ?

— Une identité, une nationalité, une histoire personnelle, des caractéristiques physiques et mentales, tout cela fait de vous quelqu'un qui n'est pas moi.

— Mon vieux, tu n'es pas difficile, si tu te définis avec des ingrédients aussi indigents. C'est typique du cerveau humain : tu te concentres sur les détails pour ne pas avoir à aborder l'essentiel.

— Enfin, vos récits de bouillie pour les chats, vos mysticolâtries, c'est à des années-lumière de moi.

— Evidemment. Tu avais besoin de m'inventer très différent de toi, pour te persuader que ce n'était pas toi — pas toi du tout — qui avais tué ta femme.

— Taisez-vous !

— Désolé. Je ne me tais plus. Cela fait trop longtemps que je me tais.

J'ajouterai que, depuis dix ans, ce silence est devenu encore plus insupportable.

— Je ne veux plus vous entendre.

— C'est pourtant toi qui m'ordonnes de parler. Ces cloisons si étanches que tu as construites dans ta tête ne tiennent plus : elles cèdent. Tu peux t'estimer heureux d'avoir eu droit à ces dix années d'innocence. Ce matin, tu t'es levé et préparé pour partir à Barcelone. Tes yeux ont lu le calendrier : 24 mars 1999. Ton cerveau n'a pas tiré la sonnette d'alarme pour te prévenir que c'était le dixième anniversaire de ton meurtre. A moi, cependant, tu n'as pu le cacher.

— Je n'ai pas violé ma femme !

— C'est vrai. Tu as seulement eu très envie de la violer, la première fois que tu l'as vue, au cimetière de Montmartre, il y a vingt ans. Tu en as rêvé la nuit. Au début de cet entretien, je t'ai dit que je faisais toujours ce dont j'avais envie. Je suis la partie de toi qui ne se refuse rien. Je t'ai offert ce rêve. Aucune loi n'interdit les fantasmes. Quelque temps plus tard, tu as revu Isabelle à une soirée, et tu es allé lui parler pour la première fois.

— Comment le savez-vous ?

— Parce que je suis toi, Jérôme. Tu as trouvé drôle de converser civilement avec celle que tu avais violée en rêve. Tu lui as plu. Tu plais aux femmes, quand tu parviens à me cacher.

— C'est vous qui êtes détraqué C'est vous qui avez tué ma femme et qui essayez de vous persuader que je suis le meurtrier, afin de vous innocenter.

— Alors pourquoi ai-je passé des heures à plaider ma culpabilité ?

— Vous êtes dingue. Il ne faut pas chercher de logique au comportement d'un fou.

— Ne dis pas trop de mal de moi. N'oublie pas que je suis toi.

— Si vous êtes moi, pourquoi ai-je eu l'étrange fantaisie de vous créer hollandais ?

— Il valait mieux que je sois étranger afin de me différencier de toi. Je l'ai déjà dit.

— Mais pourquoi hollandais plutôt que patagon ou bantou ?

— On a les étrangers qu'on peut.

Patagon ou bantou, ton cerveau n'en aurait pas été capable.

— Et pourquoi vos délires jansénistes, moi qui ne suis pas religieux pour deux sous ?

— Ça prouve simplement qu'il y a une partie refoulée de toi à qui il ne déplairait pas d'être mystique.

— Oh non, encore ce blabla psychanalytique de bazar !

— Regarde comme tu es fâché quand on ose suggérer que tu refoules quelque chose.

— Le verbe refouler, c'est le mot fourre-tout du XXe siècle.

— Et ça donne l'une des variétés d'assassin du XXe siècle : toi.

— Imaginez deux secondes que vos élucubrations soient exactes : ce criminel serait minable, pathétique, grotesque.

— C'est ce que je t'ai dit il y a quelques minutes : on a les criminels qu'on mérite. Désolé, mon pauvre Jérôme, il n'y avait pas de place en toi pour Jack l'Eventreur ni pour Landru. Il n'y avait place en toi que pour moi.

— Il n'y a pas place en moi pour vous !

— Je sais, c'est dur à avaler, hein ?

— Si je devais vous croire, je serais le Docteur Jekyll en train de converser avec Mister Hyde.

— Ne te vante pas. Tu es beaucoup moins bien que le Docteur Jekyll, et par conséquent tu contiens un monstre beaucoup moins admirable que cette brute sanguinaire de Hyde. Tu n'es pas un grand savant obsessionnel, tu es un petit homme d'affaires comme il y en a tant : ta seule qualité, c'était ta femme. Depuis dix ans, ton veuvage est ton unique vertu.

— Pourquoi avez-vous tué Isabelle ?

— C'est drôle. Tout à l'heure, tu ne voulais pas croire que j'étais l'assassin. Depuis que je t'ai refilé la patate chaude de la culpabilité, tu me crois sans aucune peine, tu me demandes même pourquoi j'ai tué ta femme. A présent, tu serais prêt à n'importe quoi, pourvu que l'on te persuade de ton innocence.

— Répondez : pourquoi avez-vous tué Isabelle ?

— Je ne réponds pas aux questions mal posées. Il fallait me demander : « Pourquoi ai-je tué ma femme ? »

— Cette question-là n'a pas lieu.

— Tu ne crois toujours pas que je suis toi ?

— Je ne le croirai jamais.

— Etrange, cette religion du moi. « Je suis moi, rien que moi, rien d'autre que moi. Je suis moi, donc je ne suis pas la chaise sur laquelle je m'assieds, je ne suis pas l'arbre que je regarde. Je suis bien distinct du reste du monde, je suis limité aux frontières de mon corps et de mon esprit. Je suis moi, donc je ne suis pas ce monsieur qui passe, surtout si le monsieur se trouve être le meurtrier de ma femme. » Singulier credo.

— Singulier, oui, à la lettre.

— Je me demande ce que les gens de ton espèce font de la pensée. Cela doit te perturber, ce flux mental qui va où il veut, qui peut entrer dans la peau de chacun. Pourtant, c'est bien de ton petit moi que vient cette pensée. C'est inquiétant, ça menace tes cloisons. Heureusement, la plupart des gens ont trouvé le remède : ils ne pensent pas. Pourquoi penseraient-ils ? Ils laissent penser ceux dont ils considèrent que c'est le métier : les philosophes, les poètes. C'est d'autant plus pratique qu'on ne doit pas tenir compte de leurs conclusions.

Ainsi, un magnifique philosophe d'il y a trois siècles peut bien dire que le moi est haïssable, un superbe poète du siècle dernier déclarer que je est un autre : c'est joli, ça sert à converser dans les salons, sans que cela affecte le moins du monde notre réconfortante certitude — je suis moi, tu es toi et chacun reste chez soi.

— La preuve que je ne suis pas vous, c'est que vous avez la langue bien pendue.

— Voilà ce qui arrive, quand on muselle son ennemi intérieur trop longtemps : quand il parvient enfin à tenir le crachoir, il ne le lâche plus.

— La preuve que je ne suis pas vous, c'est que tout à l'heure, quand je bouchais mes oreilles, je ne vous entendais plus.

— Dans le genre, tu as fait beaucoup mieux : tu ne m'as pas entendu pendant des dizaines d'années, sans même te boucher les oreilles.

— La preuve que je ne suis pas vous, c'est que je ne connais rien au jansénisme ni à ce genre de choses. Vous êtes beaucoup plus lettré que moi.

— Non : je suis la partie de toi qui

n'oublie rien. C'est l'unique différence. Si les gens avaient de la mémoire, ils s'entendraient parler de sujets auxquels ils croyaient ne rien connaître.

— La preuve que je ne suis pas vous, c'est que je déteste le beurre de cacahouètes.

Textor éclata de rire.

— Alors, ça, mon vieux, comme preuve, c'est édifiant !

— Il n'empêche que c'est vrai : j'ai horreur de ça. Qu'est-ce que vous en dites ? Vous êtes bien embêté, hein ?

— Je vais t'apprendre une chose : la partie de toi qui prétend détester le beurre de cacahouètes est la même qui salive devant les hot dogs du boulevard de Ménilmontant sans jamais oser s'en acheter.

— Qu'est-ce que vous me chantez là ?

— Quand on est un monsieur qui va à des déjeuners d'affaires où on lui sert du turbot aux petits légumes et autres bouches-en-cul-de-poulage, on affecte d'ignorer qu'il y a en soi un rustre qui rêve de bouffer des horreurs dont il dit le plus grand mal, comme le beurre de cacahouètes et les hot dogs du boulevard de Ménilmontant. Tu y allais souvent, au cimetière du Père-Lachaise, avec ta femme. Elle aimait tant voir les si beaux arbres nourris par les morts et les tombes des jeunes filles aimées. Toi, tu étais beaucoup plus ému par l'odeur des saucisses qui cuisaient en face. Bien entendu, tu serais rentré sous terre plutôt que de te l'avouer. Mais moi, je suis la partie de toi qui ne se refuse rien de ce dont elle a vraiment envie.

— Quel délire !

— Tu as tort de nier. Pour une fois que tu caches quelque chose de sympathique.

— Je ne cache rien, monsieur.

— Tu l'aimais, Isabelle ?

— Je l'aime toujours comme un fou.

— Et tu laisserais à un autre que toi le privilège de l'avoir tuée ?

— Ce n'est pas un privilège.

— Si. Celui qui l'a tuée, c'est forcément celui qui l'aimait le plus !

— Non ! C'est celui qui l'aimait mal !

— Mal mais plus.

— Personne ne l'aimait plus que moi.

— C'est bien ce que je te dis.

— Laissez-moi deviner. Vous êtes un maniaque sadique qui a un dossier sur chaque veuf dont la femme est morte assassinée. Votre passion, c'est de poursuivre le malheureux pour le convaincre de sa culpabilité, comme s'il ne souffrait pas assez.

— Ce serait de l'amateurisme, voyons, Jérôme. Pour bien torturer, il faut se limiter à une seule victime, un seul élu.

— Vous convenez, au moins, que vous n'êtes pas moi.

— Je n'ai jamais dit ça. Je suis la partie de toi qui te détruit. Tout ce qui grandit accroît sa capacité d'autodémolition. Je suis cette capacité.

— Vous me fatiguez.

— Bouche-toi les oreilles.

Angust s'exécuta.

— Tu as remarqué ? Ça ne marche plus, cette fois-ci.

Jérôme se les boucha plus fort.

— Ne t'obstine pas. Au passage, si tu te bouches les oreilles comme ça, tu ne tiendras pas longtemps. Je te l'ai déjà dit : pourquoi gardes-tu tes bras en l'air ? On croirait qu'on te menace d'un revolver. Il faut se boucher les oreilles par le bas, les coudes contre la poitrine : on peut rester très longtemps dans cette position. Ah, si tu avais su cela tout à l'heure ! Je me demande, aussi, comment tu pouvais l'ignorer, mais cela n'a plus d'importance.

Angust baissa les bras, dégoûté.

— Tu vois bien que tu es moi. Cette voix que tu entends parle à l'intérieur de ta tête. Il t'est absolument impossible de fuir mon discours.

— J'ai vécu des dizaines d'années sans vous entendre. Je trouverai un moyen de vous museler.

— Tu ne le trouveras pas. C'est irréversible. Que faisais-tu, le vendredi 24 mars 1989, vers dix-sept heures ? Oui, je sais, la police t'a déjà posé cette question.

— Elle en avait le droit, elle.

— Avec toi, j'ai tous les droits.

— Si vous savez que la police me l'a déjà demandé, vous connaissez aussi la réponse.

— Oui, tu étais au travail. Il fallait vraiment que les flics aient confiance en toi pour accepter un alibi aussi faible. Pauvre mari effondré, détruit, incrédule.

— Vous me ferez avaler tout ce que

vous voulez, mais pas que j'ai tué Isabelle.

— Tu manques singulièrement d'orgueil. On te propose deux rôles : celui de la victime innocente et celui de l'assassin, et toi, tu choisis de n'y être pour rien.

— Je ne choisis rien. Je me conforme à la réalité.

— La réalité ? Cette blague ! Oserais-tu m'affirmer, les yeux dans les yeux, que tu te rappelles avoir passé cet après-midi au bureau ?

— Oui, je m'en souviens !

— Ton cas est encore plus grave que je ne le pensais.

— Et vous, que devrais-je penser de vous ? Vous changez de version comme de chemise ! Ce long dialogue que vous prétendiez avoir eu avec Isabelle, c'était quoi ?

— Tu as eu bien d'autres conversations fictives avec elle. Quand on aime, on parle dans sa tête à l'être aimé.

— Et ce passé que vous m'avez raconté, vos parents morts, le meurtre mental de votre petit camarade, la nourriture pour chats, c'était quoi ?

— Tu serais prêt à inventer n'importe

quoi pour te persuader que je suis un autre.

— C'est trop facile. Vous pouvez avoir réponse à toutes les invraisemblances, avec un pareil argument.

— Normal. Je suis ta partie diabolique. Le diable a réponse à tout.

— Ce n'est pas pour autant qu'il convainc. A propos, le voyage à Barcelone, c'était vous ?

— Non, non. Pas plus que le retard. Je n'ai téléphoné ni à ton chef ni à l'aéroport.

— Pourquoi ces mensonges tout à l'heure ?

— Pour te faire craquer. Si tu m'avais tué à ce moment-là, j'aurais pu t'épargner ces pénibles révélations.

— Pourquoi l'aéroport ?

— Le retard d'avion. L'attente forcée pour une durée indéterminée : enfin un moment où tu étais vraiment disponible. Les gens de ton espèce ne deviennent vulnérables que dans l'imprévu et le vide. Cela, plus la conjonction de la date d'aujourd'hui, ce dixième anniversaire qui a effleuré ton inconscient ce matin : tu étais mûr pour ouvrir les yeux. A présent, le virus est dans ton ordinateur mental. Il est trop tard. C'est pourquoi tu m'entends même quand tu as les oreilles bouchées.

— Racontez-moi donc ce qui s'est passé !

— Que tu es pressé, maintenant !

— Si j'ai assassiné Isabelle, j'aimerais au moins savoir pourquoi.

— Parce que tu l'aimais. Chacun tue ce qu'il aime.

— Alors quoi, je suis rentré chez moi et j'ai poignardé le ventre de ma femme à plusieurs reprises, comme ça, sans raison ?

— Sans autre raison que l'amour qui mène tout à sa perte.

— Ce sont là de belles phrases mais elles n'ont aucun sens pour moi.

— Elles en ont pour moi qui suis en toi. Il ne faut pas se voiler la face : même le plus amoureux des hommes — surtout le plus amoureux des hommes — désire, un jour ou l'autre, ne serait-ce que l'espace d'un instant, tuer sa femme. Cet instant, c'est moi. La plupart des gens parviennent à escamoter cet aspect de leur être souterrain, au point de croire qu'il n'existe pas. Toi, c'est encore plus spécial : l'assassin que tu abrites, tu ne l'as jamais rencontré. Pas plus que tu n'as rencontré le mangeur de hot dogs clandestin ou celui qui rêve de viols, la nuit, dans les cimetières. Aujourd'hui, par accident mental, tu te retrouves nez à nez avec lui. Ta première attitude consiste à ne pas le croire.

— Vous n'avez aucune preuve matérielle de ce que vous avancez. Pourquoi vous croirais-je sur parole ?

— Les preuves matérielles sont une chose si grossière et si bête qu'elles devraient infirmer les convictions au lieu de les consolider. En revanche, que dis-tu de ceci ? Le vendredi 24 mars 1989, vers dix-sept heures, tu es arrivé chez toi à l'improviste. Isabelle n'en a pas été autrement surprise mais elle t'a trouvé bizarre. Et pour cause : c'est la première fois qu'elle rencontrait Textor Texel. C'était toi et ce n'était pas toi. Toi, tu plais aux femmes ; moi pas. Tu as déplu à Isabelle ce jour-là, sans qu'elle sache pourquoi. Tu ne parlais pas, tu te contentais de la regarder avec ces yeux d'obsédé pervers qui sont les miens. Tu l'as prise dans tes bras : elle s'est dégagée de ton étreinte avec un air de

112

dégoût. Tu as recommencé. Elle s'est éloignée pour te signifier son refus. Elle s'est assise dans le canapé et ne t'a plus regardé. Tu n'as pas supporté qu'elle ne veuille pas avoir affaire à Textor Texel. Tu es allé à la cuisine et tu as pris le plus grand des couteaux. Tu t'es approché d'elle, elle ne s'est pas méfiée. Tu l'as poignardée à plusieurs reprises. Aucune parole ne fut échangée.

Silence.

— Je ne me souviens pas, dit Jérôme avec obstination.

— La belle affaire ! Moi, je me souviens.

— Tout à l'heure, vous m'avez raconté une version complètement différente. A quand la troisième, la quatrième ?

— Je t'avais raconté la version de Textor Texel, qui n'est pas contradictoire avec celle de Jérôme Angust. Ta femme t'a détesté, ce jour-là, parce qu'elle a deviné en toi le monstre se pourléchant de rêves de viol. Ta version est silencieuse, la mienne sous-titre ce mutisme du dialogue mental que Textor Texel a eu avec Isabelle. Dans ma version, j'évoquais Adam et Eve. Ça tombe bien : dans la Genèse aussi, il y a deux

versions de leur histoire. Le narrateur
vient à peine de finir le récit de la chute
qu'il le raconte à nouveau, d'une autre
manière. A croire qu'il y prend plaisir.

— Moi pas.

— Tant pis pour toi. Après le
meurtre, tu as emporté le couteau et tu
es reparti au bureau. Là, tu es redevenu
calmement Jérôme Angust. Tout était à
sa place. Tu étais heureux.

— C'était la dernière fois de ma vie
que j'étais heureux.

— Vers vingt heures, tu es retourné
chez toi, comme un type content d'être
en week-end.

— J'ai ouvert la porte et j'ai découvert le spectacle.

— Spectacle que tu avais déjà vu : tu
en étais l'auteur.

— J'ai hurlé d'horreur et de déses-
poir. Les voisins sont arrivés. Ils ont
appelé la police. Quand elle m'a inter-
rogé, j'étais sonné, abruti. On n'a jamais
retrouvé le coupable.

— Quand je te disais que tu avais
commis le crime parfait !

— Le crime le plus infect qui soit,
oui.

— Ne te flatte pas. Tu es drôle. Ce

114

col-blanc à qui l'on vient d'apprendre qu'il a tué sa femme et qui se prend pour un être abject : c'est la folie des grandeurs. Tu n'es qu'un amateur, ne l'oublie pas.

— Vous, que vous soyez moi ou non, je vous hais !

— Tu as encore un doute ? Prends ton portable, appelle ta secrétaire.

— Pour lui dire quoi ?

— Obéis-moi.

— Je veux savoir !

— Si tu continues, c'est moi qui l'appelle.

Angust sortit son portable et composa un numéro.

— Catherine ? C'est Jérôme. Je ne vous dérange pas ?

— Dis-lui d'aller regarder sous la liasse de paperasse, dans le dernier tiroir en bas à gauche de ton bureau.

— Pourriez-vous me rendre un service ? Regardez sous la pile de paperasse, dans le dernier tiroir en bas à gauche de mon bureau. Merci. J'attends, je reste en ligne.

— A ton avis, que va-t-elle y trouver, cette chère Catherine ?

— Aucune idée. Je n'ai plus ouvert ce

tiroir depuis... Allô, oui, Catherine ? Ah.
Merci. Je l'avais perdu depuis quelque
temps. Désolé de vous avoir dérangée.
A bientôt.

Angust coupa la communication. Il
était livide.

— Eh oui, sourit Textor. Le couteau.
Il est au fond de ce tiroir depuis dix ans.
Bravo, tu as été impeccable. Aucune
émotion dans ta voix. Catherine n'y a vu
que du feu.

— Ça ne prouve rien. C'est vous qui
avez mis ce couteau à cet endroit !

— Oui, c'est moi.

— Ah ! Vous avouez !

— J'ai avoué depuis longtemps.

— Vous aurez profité d'une absence
de Catherine et vous vous serez glissé
dans mon bureau...

— Arrête. Je suis toi. Je n'ai pas
besoin de me dissimuler pour aller dans
ton bureau.

Angust prit sa tête dans ses mains.

— Si vous êtes moi, pourquoi n'ai-je
aucun souvenir de ce que vous racon-
tez ?

— Il n'est pas nécessaire que tu t'en
souviennes. Je me rappelle ton crime à
ta place.

— En ai-je commis d'autres ?

— Ça ne te suffit pas ?

— J'aimerais que vous ne me cachiez plus rien.

— Rassure-toi. Dans ta vie, tu n'as aimé qu'Isabelle. Tu n'as donc tué qu'elle. Tu l'avais découverte dans un cimetière, tu l'as restituée au lieu de votre rencontre.

— Je ne parviens pas à vous croire. J'aimais Isabelle à un point que vous n'imaginez pas.

— Je sais. Je l'aimais du même amour. Si tu ne parviens pas à me croire, n'oublie pas, mon cher Jérôme, qu'il existe un moyen ultime et infaillible de vérifier mes dires.

— Ah ?

— Tu ne vois pas ?

— Non.

— C'est pourtant une chose que je te demande depuis pas mal de temps.

— Vous tuer ?

— Oui. Si tu es toujours en vie après m'avoir tué, tu sauras alors que tu étais innocent du meurtre de ta femme.

— Mais coupable de vous avoir assassiné.

— C'est ce qu'on appelle un risque.

— Risquer sa vie, en l'occurrence.

— C'est un pléonasme. Le risque, c'est la vie même. On ne peut risquer que sa vie. Et si on ne la risque pas, on ne vit pas.

— Mais là, si je risque, je meurs !

— Tu meurs encore plus si tu ne risques pas.

— Vous n'avez pas l'air de comprendre. Si je vous tue et que vous n'êtes pas moi, je passe le restant de mes jours en prison !

— Si tu ne me tues pas, tu passes le restant de tes jours dans une prison mille fois plus abominable : ton cerveau, où tu ne cesseras de te demander, jusqu'à la torture, si tu es l'assassin de ta femme.

— Au moins, je serai libre.

Textor hurla de rire.

— Libre ? Libre, toi ? Tu te trouves libre ? Ta vie brisée, ton travail, c'est ce que tu appelles être libre ? Et tu n'as encore rien vu : tu crois que tu seras libre quand tu passeras des nuits entières à débusquer le criminel en toi ? De quoi seras-tu libre, alors ?

— C'est un cauchemar, dit Angust en secouant la tête.

— Oui, c'est un cauchemar, mais il a une issue. Il n'en a qu'une. Heureusement, elle est sûre.

— Qui que vous soyez, vous m'avez mis dans la situation la plus infernale de l'univers.

— Tu t'y es mis tout seul, mon vieux.

— Cessez de me parler avec cette insupportable familiarité !

— Monsieur Jérôme Angust est trop précieux pour qu'on le tutoie ?

— Vous avez gâché ma vie. Ça ne vous suffit pas ?

— C'est drôle, ce besoin qu'ont les gens d'accuser les autres d'avoir gâché leur existence. Alors qu'ils y parviennent si bien eux-mêmes, sans l'aide de quiconque !

— Taisez-vous.

— Tu n'aimes pas qu'on te dise la vérité, hein ? Dans le fond, tu sais bien que j'ai raison. Tu sais que tu as tué ta femme. Tu le sens.

— Je ne sens rien !

— Si tu n'avais pas l'ombre d'un doute, tu ne serais pas dans cet état.

Texel rit.

— Ça vous fait rigoler ?

— Tu devrais te voir. Ta souffrance est pitoyable.

Angust explosa de haine. Un geyser d'énergie enragée lui monta du bas du ventre jusqu'aux ongles et aux dents. Il se leva et attrapa son ennemi par le revers de sa veste.

— Vous riez toujours ?

— Je jubile !

— Vous n'avez pas peur de mourir ?

— Et toi, Jérôme ?

— Je n'ai plus peur de rien !

— Il était temps.

Angust lança Texel jusqu'au mur le plus proche. Il se fichait des spectateurs comme d'une guigne. Il n'y avait plus place en lui que pour sa haine.

— Vous riez toujours ?

— Tu me vouvoies toujours ?

— Crève !

— Enfin ! s'extasia Textor.

Angust s'empara de la tête de son ennemi et la fracassa à plusieurs reprises sur le mur. Chaque fois qu'il écrasait ce crâne sur la paroi, il criait : « Libre ! Libre ! Libre ! »

Il recommença et recommença. Il exultait.

Quand la boîte noire de Texel éclata, Jérôme éprouva un soulagement profond.

Il lâcha le corps et s'en alla.

Le 24 mars 1999, les passagers qui attendaient le départ du vol pour Barcelone assistèrent à un spectacle sans nom. Comme l'avion en était à sa troisième heure de retard inexpliqué, l'un des voyageurs quitta son siège et vint se fracasser le crâne à plusieurs reprises sur l'un des murs du hall. Il était animé d'une violence si extraordinaire que personne n'osa s'interposer. Il continua jusqu'à ce que mort s'ensuivît.

Les témoins de ce suicide inqualifiable précisèrent un détail. Chaque fois que l'homme venait se taper la tête contre la paroi, il ponctuait son geste d'un hurlement. Et ce qu'il criait, c'était :

— Libre ! Libre ! Libre !

Du même auteur
aux Editions Albin Michel :

HYGIÈNE DE L'ASSASSIN, 1992.

LE SABOTAGE AMOUREUX, 1993.

LES COMBUSTIBLES, 1994.

LES CATILINAIRES, 1995.

PÉPLUM, 1996.

ATTENTAT, 1997.

MERCURE, 1998.

STUPEUR ET TREMBLEMENTS, 1999,
Grand Prix du roman de l'Académie française.

MÉTAPHYSIQUE DES TUBES, 2000.

ROBERT DES NOMS PROPRES, 2002.

Composition réalisée par JOUVE

Imprimé en France sur Presse Offset par

BRODARD & TAUPIN

GROUPE CPI

La Flèche (Sarthe).
N° d'imprimeur : 17509 – Dépôt légal Éditeur : 32300-05/2003
Édition 01
LIBRAIRIE GÉNÉRALE FRANÇAISE - 43, quai de Grenelle - 75015 Paris.
ISBN : 2 - 253 - 15503 - 9

Sweet Farts

By Raymond Bean

Pictures by D. Weaver

Visit www.sweetfartsbook.com

For Stacy, Ethan, and Chloe
Also, for Baba, who would do anything for us.

Other Books By Raymond Bean
Sweet Farts: Rippin' It Old School

Contents

Preface

You know how it is at school...kids sneak "them" out in perfect silence so no one can tell who did *it,* or dealt *it,* or done *it. It* is a mystery, unsolvable, untraceable, sourceless. Then, as the awful stench begins to reach each nostril, kids begin to eye each other. Kids begin to take notice. Kids begin to wonder...

Who did it? they ask themselves silently. Of course, you can never be sure who did it, not in public. In public, everyone is a suspect. Everyone is potentially guilty.

When this most delicate of situations presents itself, even when you are not the one who laid it down, the trick is not to look too surprised. Overdoing your reaction can lead to unwanted suspicion. Your look has to be just right. It must show others that you are amused and offended at the same time. Shaking your head from side to side a little and closing your eyes in disbelief is a safe way to go. You cannot, however, under any circumstances, lose your cool. You must look confident. Remaining calm is essential.

I always try to smile, like I think it's funny, or make a face like I'm disgusted. These strategies come with some dangers, though, because if you start to smile too much, you look guilty. If you look too disgusted, guilty again.

We all know that the last thing you want to appear is guilty when there is a horrible, smelly fart loose in the room. In those first few moments after everyone gets a dose, it's pure survival. Someone in the area is responsible, and everyone knows that. So, of course, it could be blamed on anyone. The person who did it isn't going to raise his or her hand and say, "It was me, everyone. I'm the one who just stunk up the place."

We all know that many innocent bystanders have been blamed for someone else's fart. The kid who lets out a real stinker frequently is the type of kid who is prepared to blame it on someone else. This type of kid looks for that one person who gets embarrassed easily and then tries to cast suspicion his way. Once the "farter" casts suspicion on the embarrassed kid, no one stops to think it could be someone else. It happens every day, and it is tragic.

CHAPTER ONE
The Cruelest of Fates

There is not much worse in this life than taking the blame for someone else's fart. It is an injustice as old as farts themselves, which must, I guess, be as old as human history. I'm sure people have been bouncing farts off the walls of dimly lit caves since the days of the caveman. Today, someone silently slipped one off a blue plastic chair in my fourth grade class, and I'm afraid it was my turn to take the blame. But it wasn't me...I swear.

I was at my desk for our morning meeting in class. My teacher, Mr. Cherub, insists on meeting every morning to talk about our feelings and what is going on in our lives. He was just getting started when I realized something was wrong. I got a whiff of "*it*" before anyone else. I couldn't be sure where "*it*" had come from. Panic immediately grabbed hold of me as my heart began to race. Something was wrong. Something was horribly wrong.

At first, I wasn't sure. Maybe it wasn't what I thought. But then I took another sniff and confirmed my worst fears. Someone had gone and dropped a stank bomb. That somebody was the person right in front of me: Anthony Papas.

How could I possibly be expected to think with the stench of Anthony clobbering my nostrils? He turned around to check the clock on the wall behind us, and I gave him a look that conveyed, "You're killing me! Please don't do that *ever* again."

Anthony looked right at me and in front of everyone said, "You're gross!"

I couldn't believe it. People were actually staring at me with disgusted stares. Austin, who sits at the desk next to me, opened his eyes really, really wide and pointed at me. Tiffany, who sits in front of Austin, held her nose and put her face down on her desk. As I looked around the room, every kid in my class was looking at me like I was responsible. Some smiled, some looked shocked, and some just shook their heads.

Now, I happen to be the kind of kid who embarrasses easily. The more eyes I noticed on me, the more anxious I became.

"It wasn't..." I began.

Mr. Cherub interrupted me. "Is something wrong, Keith?" he asked.

Is something wrong? I thought. *Are you kidding me? This place is bombed to bits and everyone thinks it was me!*

Just then, Anthony raised his hand.

"Mr. C."

"Yes, Anthony?"

"I think Keith might be a little sick...you know, in the belly?" he said while rubbing his hand in a circle on his stomach and making a face like he had a bellyache.

I could tell by the way Mr. C. was scrunching up his face that the smell had just reached him.

"Keith, umm...do you need to excuse yourself?" he asked as he held his hand to his nose and fought back a gag.

I didn't know what had happened! I couldn't move, I couldn't speak, I couldn't think. I just sat there and shook my head back and forth to signal no. You could hear a pin drop. The room was so quiet I could actually hear the sound of the heater by the window. I heard the tick of the clock.

"Okay. Next time, just head on down to the bathroom."

I don't know what it feels like to have a heart attack, but I'm pretty sure I was having one. My eyes must have been three times their size. They felt as if they might fly out of my head. Anthony said, "It's okay. It happens to the best of us, Keith."

"But it wasn't..." I began.

"That's enough," Mr. C. said. "Let's get back to work. Next time, please use the bathroom, Mr. Emerson."

We did get back to work, and everyone thought it was me. I don't know why I didn't speak up. I just couldn't believe my own ears. I could not believe that I was the one everyone thought did it. This was not good at all. I'm not the kind of guy who can pull something like that off. Some guys can laugh it off like it doesn't bother them. Not me; I don't have that kind of confidence. I'm not someone who can think real fast in moments like that. My mind becomes paralyzed. I lock up. It was like my mouth was frozen; I could not speak. I was speechless.

I *could* have said something to Anthony, like, "I'm not the one who eats beef jerky for breakfast," or "The only thing worse than that stench is your breath."

But I didn't say anything like that. All I did was sit there with my mouth hanging open. I felt just like a big-mouthed frog waiting for a fly to go zooming by so I could snatch him up with my frog tongue. I wished I *was* a big-mouthed frog sitting on a lily pad somewhere, waiting for a fly to go on by. But I was not a big-mouthed frog. I was just, everyone else believed, the smelliest kid in fourth grade.

CHAPTER TWO
I Heard He Threw Up

Lunch was, in a word, a nightmare. As I walked into the big, stinky cafeteria, I knew immediately that word had spread. You know how it is in the lunchroom. It's not just your class anymore. It is *all* the classes. In my case, it was four other fourth grade classes. We are talking about one hundred fourth graders. We are talking about two hundred eyes all on me. We are talking about one hundred fingers on one hundred noses, and all in honor of me.

Don't ask me how word of the Anthony incident spread so fast. Things like this travel at the speed of light. They are whispered from kid to kid until they have been whispered in every ear. The story never stays the same, either. Kids always add in a little more detail just for excitement. I'm sure by now the story was that I smelled so bad that my desk caught fire. I bet by now the story probably was that the paint in my classroom actually melted off the walls. I bet...

Just as I was about to imagine another awful possibility, I felt a tug on my arm.

"It wasn't me!" I blurted out.

"Well, you're sure not acting like it, my friend," a voice replied. The voice and the tug came from my best friend, Scott. "Come on, let's get in line," he said.

Today was Friday, pizza day. At least that was one thing I could be happy about. I followed Scott toward the line. All the while, I was aware of the eyes on me, the whispering that was going on. Then it happened. A boy whose name I don't even know, from Mrs. Roth's class, said, "Here comes S.B.D.," as I walked by him and his friends at their lunch table. When I reached the line, which was long, kids started rushing back to their tables without any food. I heard it again, "Ew, it's S.B.D." I wasn't sure who said it this time, but the line was gone.

"This is awesome!" Scott said. "The line is gone."

"This is not awesome," I said as we walked up to get our food.

"No line on pizza day is pretty awesome to me. When does that ever happen?" he said.

"Do you know why there isn't a line anymore on pizza day?" I asked in an annoyed voice.

"Yeah, you dropped a bomb at morning meeting in class today," he said as he selected the perfect chocolate milk.

"I did not drop a bomb at morning meeting," I said and picked out my own milk.

"That's not what I heard. I heard you really messed things up in there. I heard Mr. C. threw up in a garbage pail!"

"Are you kidding me? You really believe that I would do that in class? You really think Mr. C. threw up in a garbage pail?" I asked.

Mrs. Lamery, the lunch lady, must have been listening to our conversation because from behind the lunch counter, she said, "I heard Mr. C. threw up on your shoes."

"No one threw up!" I shouted.

"Okay, take it easy. That'll be $1.25 please," she said with a smile.

"I heard he threw up," Scott said again.

"Errrrrr," I said.

CHAPTER THREE
Why Do I Pay Attention?

After lunch, Mr. C. was going on and on about famous scientists and the importance of science. He said scientists cure diseases, discover new things and places, and try to make the world a better place. "Revolutionary thinkers" is what Mr. C. always calls them: people who think and discover things that no one before them ever did. He said we should try to think like great scientists when we plan for our science fair projects. We had to come up with an idea for the science fair and submit it for approval by next week.

I was still pretty upset about taking the blame for Anthony. Lunch was not kind to me. Kids kept saying things to me like, "Maybe you should go see the nurse," and "Next time just head on down to the bathroom." And a few more times I was referred to as S.B.D....silent but deadly.

I was trying not to pay attention and to take my mind off of it. Mr. C. is a little too into science if you ask me. He gets so into it sometimes that I don't really know what he's talking about. When he's talking about science, I'm pretty sure he forgets that we're only nine and ten years old. I think he looks out on our bored faces and sees interested scientists. Most of us are just daydreaming about gym.

Some of the kids in my class can actually tune him out and think of other things. I can't. I hear every painful word he speaks. Sometimes I try to envision that I'm playing *Tenlax: Return of the Mariner,* my favorite video game, on my computer. I try to actually feel the controller in my hand. I try to picture the screen and hear the sounds, but it always ends with me listening to Mr. C. Sometimes I think I'm the only one listening because no one is asking any questions or even looking up at him.

I usually make the mistake of looking up. My dad always taught me, from the time I was real little, to look a man in the eye when he's speaking to you. Now, I can't help it, even if I don't want to. It gets me in trouble because when Mr. C. takes a breath and looks around, I'm always the one looking back. He misinterprets this as me being interested and asks me questions.

Today, he asked me what I would change if I could change anything in the whole world. I didn't hesitate: "My seat."

Anthony turned around and stared right at me. I stared right back.

"S.B.D.," he said, and the class began to giggle.

Again, I said nothing.

CHAPTER FOUR
Living with the Machine

My dad calls them S.B.D.s. My dad seems to have an endless list of ridiculous names for them, but S.B.D. is his favorite. I know you've experienced an S.B.D. We all have. You may have, as my dad says, "walked into one" at the mall, the hallway at school, or the supermarket. You know? You're walking along, minding your own business, and all of a sudden the air goes rancid and you want to just yak! You look around and try to figure out who did it. It's impossible to tell.

I have met only one person in my short, nine-year-long life so far who openly admits to stinking up a room, a person who seems to enjoy the torture he puts the rest of us through when he does it. When it happens—and it always happens—he just gets this big smile on his face and says something like, "Oops," or "That one slipped out." The thing is, none of them ever "just slip out." He does it on purpose. I'm sure of it.

The look on his face says it all. He doesn't look embarrassed; he looks proud. My dad! Some nights he drops one about every fifteen minutes, and they are something to behold.

I call them D-bombs, and I've been on the receiving end of more than my share of D-bombs.

On this particular night, it happened like this. My family and I were watching TV, and at first I wasn't sure. Like I said, you know, one minute everything is fine, and then the next your nose is sending SOS signals to your brain. I noticed the faces around me having the same stunned reaction. My sister, who is only three years old, simply ran out of the room holding her nose. She just got up and ran out of the room without saying a single word, leaving her princess toys on the floor. My mother, who was reading a magazine, slowly stopped, tilted her head to one side, and looked in my direction.

"Keith? Was that you?" she asked. She always asks if it's me first. Don't ask me why because it's always my dad. Maybe she can't face the fact that she married a smelly monster of a man.

"No, it wasn't me!" I exclaimed.

"Are you sure?" she asked again.

"Mom, I'm nine. I am not capable of such horrible things," I said.

"I'm sorry," my dad began. "It must have just slipped out."

"Honey, that was really gross," my mom said, holding the magazine over her face to hide the awful stench. On the cover was a woman smiling on a beach somewhere. *Lady, if you could smell what I smell, you wouldn't be smiling,* I thought. *If you could smell what I smell, you would run out of here like my kid sister just did.*

"I know. It won't happen again," my dad promised.

I may only be nine, but I know enough not to believe that one. My dad always says it won't happen again, and he always lets it happen again. I decided it was a good time to go to bed.

"Good night, everybody. I'm out," I said abruptly.

"Give me a hug, pal," my dad said with a smirk on his face.

"How about I owe you one, Dad," I said.

"Suit yourself, sport. I'm just trying to show my son I love him," he said as I kissed Mom good night. "Come on, buddy boy. Give your dear old dad a hugsy."

"Good night, Dad. Maybe tomorrow."

As I said that, he leaned on his left side and put another one into the couch.

"Then again, maybe not," I said.

"Come on, bud. It slipped out!" he said through his laughter.

CHAPTER FIVE
Grandma

The next morning was Saturday, and I woke up late. My clock next to the bed read ten fifteen. I never sleep past eight, because my sister, Emma, always comes running into my room to wake me up. I sat up and turned the plastic stick on my blinds. The bright sunlight immediately filled my room, and I felt very hot. I got out of bed and pushed the window open. A nice breeze pushed through the slots in my blinds. What a relief it was to have fresh air for a change. Yesterday really stunk. I was ready for a new day.

I love Saturdays, especially Saturdays when I have nothing to do and nowhere to be. I got dressed and left my room to see what I was missing. I couldn't believe how quiet it was. My house is never that quiet. Usually I hear my sister making all kinds of three-year-old noise: her toys that talk and giggle, her organ that has a microphone she loves to sing into, and her electric guitar that she plays by pressing buttons. But today there was none of that. It was silent.

As I slowly walked down the stairs, I heard noise coming from the kitchen. My grandmother was cooking something on the stove and listening to the radio. My grandmother is not your average grandmother. She likes to listen to the same music I listen to. She was listening to my CD of the Milkheads and singing along.

"Hi, Grandma," I said.

"Hey, rock star. You sure slept well last night."

"Yeah."

"Where is everybody?"

"Your mother took your sister to her friend Emily's birthday party at Fun Explosion. Your dad went with them. They were going to wake you up to go, but I figured you would rather sleep in."

"Thank you. Do you have any idea how annoying those parties are?"

"I'm not there, am I?"

"No, you're not. Thanks for saving me, Grandma."

"That's what I'm here for, my boy. I would do anything for you. You know that, right?" She always says this to me. When she does, she always gets a real serious look on her face to make sure I understand she would do *anything* for me.

"I know, Grandma. You're the best."

"Yes, I am. I also made your favorite breakfast: eggs and salsa."

"Thanks."

"So how are things going, sweets? Everything okay at school?"

"Not exactly," I began.

"What's wrong?" she asked.

I love my grandma, but this was a touchy subject to talk about. She's really cool and all, but we are talking about farts here. I wasn't sure if she'd call the school if I told her my new nickname was S.B.D. and make things even worse for me. I could just imagine the announcement on the loudspeaker on Monday morning. "May I have your attention, Harborside Elementary School? Keith Emerson's grandmother just called, and it turns out that he did not, in fact, fart in class on Friday. Please do not call him S.B.D. anymore."

"I'm fine," I said.

She looked at me with disbelieving eyes. "Okay, but if you decide to tell me, I'm all ears," she said as she kissed me on the forehead. My grandmother helped to make me feel so much more comfortable, but I knew Monday would bring a whole new batch of trouble at school.

CHAPTER SIX
What to Do? What to Do?

Sunday night, I couldn't sleep. I just lay there in bed thinking about what I would do for my science project. I wanted to do something that would be amazing. This project had to be something that shifted the focus off of my S.B.D. nickname. Something that everyone would be talking about. Something that would make people go "Wow!" And, of course, something easy. Not that I was being lazy, which I was, but I've got a life, you know? I can't just lock myself in the basement and experiment for a month straight. I had just gotten *Death March Dread* for my game system. I wondered if Mr. C. would let me do an experiment using *Death March Dread*. I could see how long I could play it until I had to stop.

Maybe I could see how many bags of Cheesy Nacho Chips I could eat before I would stop liking them. There's just something strange about Cheesy Nacho Chips. I can't just eat one. I also can't stop once I start. I can be thinking in my head, *Okay, just one more.* But then I always end up eating one more and then one more and so on, and I can't stop until my mom says something like, "Keith, you're making me sick. Put those away before you turn into an orange triangle." I know I'm not the only one who can't stop. Every time there are Cheesy Nacho Chips at a party, they're always gone before any other chip. People are always eating the little crumbs and hoping the host will fill the bowl again. When they are all gone, people move on to other chips, but there is only one Cheesy Nacho Chip. Maybe I can experiment with what the ingredient is in nachos that makes people keep eating them nonstop. There must be some secret ingredient to be discovered.

Mr. C. said to do the science project on something you know about, something you're already interested in. He then added a bonus: "If your experiment attempts to make something in the world better, it will earn extra points." I would get better at *Death March Dread* if I played it for two days straight. I could stay home from school. An experiment on video games was definitely the way to go. I couldn't wait to tell Mr. C. the next day.

Monday, when I mentioned it to Mr. C., he had one word for the project: no.

He did not feel that me getting better at *Death March Dread* would help the world. I made the argument that I would be able to help the military in the future with the skills I was learning today. He said I had to help the world in a positive way without using video games.

On Tuesday, I tried again. He said no again.

He said to find something in my life that bothered me, then figure out a way to make it better. "Chances are, if it bothers you, it bothers other people. Make lemons from lemonade," he said. Whatever that means.

Mr. C. told us that we would have to get his approval before we could actually do our experiment. Wednesday was the first day of preapproved presentations.

Maggie Mender presented on her environmentally safe cleaning supplies that, I think, were just bottles of water with lemon squeezed in them to make them smell good. But Mr. C. loved it. Then Peter Jameson presented on trying to breed bees that don't have stingers, which is totally lame because we all know his grandfather is a beekeeper and would do the experiment for him. And finally, Clara Nasbaum presented on making clothes from garbage. All of which Mr. C. already approved and seemed to love. I couldn't understand why *Death March Dread* was being discriminated against. All Mr. C. said was scientists pay attention to their surroundings and that is what drives their experiments.

As I sat there feeling sorry for myself, I noticed Anthony lift. He made it like he was just leaning over to get a pencil from the floor, but there were no pencils on the floor. Before I could raise my hand to ask to go to the bathroom or to get a drink or anything that would save me from the certain nostril assault heading my way, it was too late. I got tagged again.

Anthony slowly turned around and looked right at me. He shook his head back and forth like he was saying no, like he couldn't believe it had just happened.

"It wasn't me, Anthony. Don't even try..." I began.

"That's disgusting, S.B.D.," he said and turned back around.

"It wasn't me and you know it," I shot back. I was proud of myself. I had actually stood up for myself.

"Oh yeah, then why are you so red in the face? You're embarrassed. You need to see a doctor. Can't you control yourself? You're like an animal in a zoo. We all know it was you."

"It was not." I was doing pretty well.

"Come on, Keith. You look so guilty. If I farted, I would say so. Everybody knows that. This time, though, it was you. Just admit it."

Mr. C. interrupted us. "Hey, guys, let's focus on the science fair."

"But Mr. C.," I began.

"Keith, if you're not feeling well again, just go down and use the bathroom. We talked about this the other day."

"But it wasn't me." Now I was starting to get angry.

I looked around, but there were no friendly faces. People were moving their chairs away from me.

Anthony was turning me into a monster. This couldn't be happening.

CHAPTER SEVEN
That Night

That night Mom had made vegetable lasagna for dinner. I don't really like veggie lasagna, as she likes to call it. I ate it, though. I picked out all the carrots and celery, and afterwards, I went and played video games for a while. Then Mom said it was homework time. My only homework was to decide on a topic for my project. I sat at the kitchen counter and rocked back and forth on one of the high chairs. They aren't high chairs like for a baby. They are chairs that are high. It was tricky because the floor in the kitchen is slippery, and the chair could easily slip. I have never slipped, and I take great pride in this accomplishment.

My mom caught me rocking out of the corner of her eye in the living room. I always find it interesting how she watches TV, but I have to do my homework. Sometimes I watch TV from the kitchen because I can see the TV in the living room. Tonight she got up and came in.

"Don't rock on that chair!" she said in a tough tone.

"I…"

She walked over and stood next to me.

"You're going to fall and break your neck one day, you know!"

"I wish I would break my neck. Then I wouldn't have to work on this lame science project," I said.

"I don't know much about science, but I'll help."

"I have to pick a topic by tomorrow. It's already a day late because my idea keeps getting rejected. I've been thinking about it for a week, and I can't think of anything. Mr. C. says we should follow in the footsteps of the great thinkers. Try to change something in the world for the better."

"Hmmm. Well, what do you want to change about the world?"

"I don't know. I'm nine. Things are pretty good in the world, except for science."

I knew that Mom was about to give me some suggestions that I would not like, but it meant a lot that she was trying to help. So I waited for the ridiculous suggestions that were about to come out of her mouth. She thought hard for a few minutes. She looked like she was solving the riddles of the universe.

"How about seeing if you can create a new fertilizer for my roses? We can try different things mixed together and see which one helps the roses grow better."

"No. I don't think soooo. Kinda boring."

"How about you make me bigga?" my sister said from below me.

"How will I make you bigga?" I asked, looking down on her smiling face.

"You can stretch me out," she said and held her arms out wide.

"How?" I asked, giggling.

"Hang me by my ankles until I'm bigga," she shouted.

"Now that I like," I said rubbing my chin.

"Thank you for trying to help your brother, Emma dear, but I think you're just right the way you are," my mom said and pinched her on her plump, pink cheek.

"I like being hunged upside downeee," she said.

My little sister had become obsessed with being hung upside down lately. I didn't realize I was that strong, but I can hold her up for a few seconds by the ankles. I liked it at first, but I was getting tired of it. I did it once about a week ago. Now she asks me to do it all the time. At first I thought it was funny, too. But it was getting pretty old. She begs and whines until I give in. My mom thinks it is the cutest thing she's ever seen. So she said, "Take a break and hang your sister upside down. I'll go get the video camera." And she ran off into the living room. I heard her footsteps climbing the stairs to her room.

I really didn't want to hang Emma upside down again, but if it would get me out of my homework for a little while, so be it. I got a good grip on her ankles and got ready to yank her up. My mom returned with the camera.

"Okay, let me get it ready," she said. "Okay, go, but be careful. Don't lift her too high—just a few inches from the ground. Accidents happen, you know."

I slowly pulled up on Emma's ankles. She was laughing hysterically. She was facing my mom. Mom turned around the little screen on the camera so Emma could see herself. Mom focused in real close so Emma could get a good look. She was laughing about as hard as I'd ever heard her laugh before. My mom was laughing, too. I was just happy to not be working on my project.

My sister's laugh kept getting more and more intense. It was one of those belly laughs that, when you hear it you can't help but laugh yourself, so I began to laugh. There we were, all in the kitchen, my sister hanging by her ankles and all of us cracking up, when *it* happened.

I quickly realized why my sister went from laughing hard to laughing harder than she had ever laughed before in her life. She was laughing so hard she couldn't breathe. She had dusted me.

Dusted is another term my father uses for farting. It didn't make a sound. It just crept up into my nose like a thief in the night. I didn't see it coming. I could not believe it. I'd been called S.B.D. at school more times in the last few days than I could remember, and now my own three-year-old sister was farting right on me.

My sister was now laughing so hard that tears were streaming down her pink cheeks. I felt myself getting very angry, angrier than I ever remember being in my life. I didn't know what to do.

There I was, standing, holding my sister's ankles so she could have a good time, and this was the thanks I got. I don't know if I was that mad at her or if it was because of Anthony and all the S.B.D. stuff, but it was the last straw. I did the only thing I could think of...

I let her go.

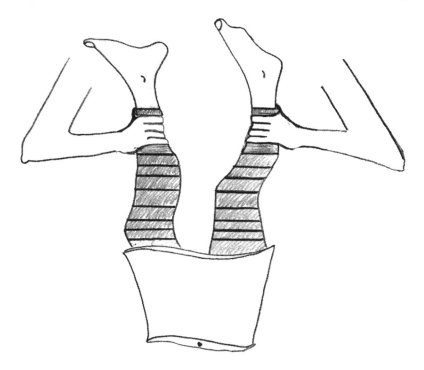

CHAPTER EIGHT
Eureka!

The next day, I woke up so early, the alarm clock hadn't even gone off. I was so rested because Mom sent me to bed at seven o'clock after I dropped Emma. All night long, all I could do was to think about my experiment. I was dreaming about being the only one at the fair without a project. Then all of a sudden, I opened my eyes and sat up in bed.

It was perfect! It was genius! I rushed over to my backpack and took out the assignment page. I read all the steps of the scientific method. It was perfect. I knew what my experiment would be.

I started typing it out on the computer so fast my fingers could hardly keep up. I filled out every section of the scientific method with ease. I had never been more excited about a school project in my life.

Scientific Method

1. ***Question:*** *Can I discover something that people can eat that will make their gas/farts smell good?*

I wondered whether I could use the word *fart* in a science fair project. I probably could because they use that word on TV, and if they use it on TV, it's usually okay to say. But then there are words that are on TV that are not okay to say. I decided to go with gas instead. It sounded more scientific.

2. ***Hypothesis:*** *I think I can create something that people can eat and it will make their gas smell good because people have already discovered things that make cars, bathrooms, and armpits smell good. It should be possible to make human gas smell good, too.*

It was great. I was on a roll.

3. ***Materials:*** *An assortment of pleasant-smelling things that can be eaten. Fruits, vegetables, herbs, flower petals.*

4. ***Procedure:*** *First, I will create a rubric from one to four that determines how offensive a person's gas is. The rubric will be like a score. A score of 1 will be the worst-smelling gas; a score* *of a 2 will be bad, but not the worst; 3 will be not good, but not too bad; and 4 will be good. For a person to get a 4 the gas will have to actually smell good.*

I will need volunteers to be a part of the experiment. They will have to eat different mixtures that I create and help me to see if their gas smell improves. I will record my findings and create a chart that shows my results.

5. Results:

I couldn't fill that in yet because I hadn't done the experiment yet. So I saved my work on my computer and printed a copy to take to school.

I could smell bacon cooking downstairs. That meant my mom was up. It also meant that I would have to leave for the bus in twenty minutes. I couldn't believe nearly two hours had passed since I sat down.

I waited anxiously as my printer hummed out my brilliance. I looked in the mirror as I waited. I wondered if this was what Einstein felt like when he figured out that $E=MC^2$ thing or how the nacho cheese guy felt the day he got the cheese *just* right. This was clearly a turning point in my life. I was now a great thinker.

I imagined myself being remembered two hundred years from now. I would be long dead, of course, and all people would remember me for would be my inventions and discoveries. I could see the statues of me in major universities and science museums around the world. I could see children reading about me in textbooks in the future. Only, in the future, I imagined textbooks would be made out of edible paper, so the kids would read about me and then eat the pages. I think I'd like my page to be nacho-cheese flavored if I lived in the future.

"Keith! The bus will be here in ten minutes. What are you doing up there?" my mom yelled.

I shook my head and saw my reflection in the mirror over my desk. My eyes focused, and I noticed something move under my covers.

Emma was in love with hiding. It was one of her favorite things to do. The problem was, she didn't realize that people could hear her when she was hiding. And every time she hid, she began to giggle. It was always very easy to find her. She also usually had a foot, or hand, or half of her body hanging out from under the covers, and that gave her away, too.

This time, it was half of her head. I could see her hair against my dark green sheets.

"Hmmm...I wonder where Emma is?" I said.

Giggles.

"Maybe she's under my bed."

"Noooo, I'm nawt!" she shouted.

"Maybe she's in my closet," I said.

"Nooo, I'm nawt!"

"Maybe she's..."

"*Here I am!*" she announced.

She popped out from under the blankets and looked about as a happy as a person can.

"I didn't know you were under there," I said.

"I'm pretty tricky, huh?" she asked seriously.

"You sure are. And you know what?"

"What?"

"You gave me an idea for my science experiment."

"Are you going to hide?"

"No."

"Are you going to stretch me out?"

"No."

She pulled the covers over her head again.

"You can't find me."

She also didn't realize that when she hid and I was right in front of her, I still knew where she was hiding.

"Keith! What are you doing?" my mom shouted.

"I'm coming, Mom," I shouted back.

"Hmmm, where could Emma be?" I said, pretending to be confused.

"You'll never find me."

I pulled the covers off her really fast. "Gotcha!" I said. She was laughing like crazy.

As she laughed, I noticed the bump on her forehead from when I dropped her. I sat down on the bed next to her. "Emma," I started, "I'm really sorry I dropped you last night. I was just really mad that you dusted me."

"I know," she said. "I made a bad choice."

"I shouldn't have done that, though. It isn't nice to hurt other people. I could have really hurt you. Do you forgive me?"

"Yeeeaaahhh," she said. "Can you do it again?"

"Why would I do it again?"

"I liked it. Pleeeaaase."

"Keith, the bus is pulling up," my mom shouted.

"Sorry, sweets, I have to go. How about later I hang you by your ankles again, but this time I won't let go?"

"Okay, and I won't make a bubble."

"That sounds great."

My mom insists that my sister call farts bubbles. She thinks the word *fart* is offensive. I don't know why. Everyone I know at school uses it. For some reason she gets really upset, so when I talk to my sister or my mom, they are bubbles, or bubs, for short. To everyone else in the world, they are farts.

CHAPTER NINE
Am I Really Doing This?

When I sat down in my seat on the bus, it hit me. I started to get really nervous. It was one thing to come up with this science fair idea; it was another to actually share it with Mr. C. and the class. What if they laughed at me? What was I thinking? Of course, they would laugh at me. They all thought I was the fart king of New York. All you had to do is mention the word *fart* and half the kids in my class would start to giggle.

As the bus made the slow, wide turn into the school entrance, I felt my adrenaline kick in. All of a sudden my heart began to race faster and faster. I could feel my face getting red and hot. The noises on the bus grew louder. I noticed I was chewing my fingernails, tapping my feet, and humming all at once. I was freaking out!

I don't remember getting off the bus. I don't remember walking into the school or taking off my coat. All of a sudden, I was sitting on the cold, dusty floor with the rest of the kids when I heard Mr. C. say, "Okay, Keith, it's your turn. Have you decided on a project that will change the world for the better?"

I got a lump in my throat the size of the lump on Emma's forehead. My stomach was doing the twist. I felt like I might faint.

"I think I have, Mr. Cherub," I said.

"Well, come on up and tell us all about it," he said.

I took a deep breath and walked up to the front of the room. A few kids whispered, "S.B.D.," under their breath but loud enough for everyone to hear. Mr. C. said, "Come on, guys." Some kids held their noses when I walked by. There was total silence. Most of the class didn't even bother to look toward me. Many of them were still half-asleep.

I cleared my throat and in a low voice said, "My project is about gasses."

"Can you be more specific?" Mr. C. returned.

"I want to experiment with different foods to see if I can make gasses smell better."

No one seemed to be on to me. This was good. The more they didn't follow what I was really saying, the better chance I had of Mr. C. taking my idea seriously.

"What sort of gasses?" he asked.

"Well, gas that...well, has an unpleasant odor," I whispered.

"Do you mean pollution?" Mr. C. blurted.

"You could say that."

"Well what sort of gas pollution are you talking about? Is it exhaust?"

"You could say that, too."

"Do you mean the gas coming from the rear of a car?"

When Mr. C. said *REAR,* I almost started to laugh, but I kept it under control.

"Yes, it comes out of the rear," I said. The beginning of a smile began to creep across my face.

"Of a car?" he asked.

"Not exactly," I said.

"Keith, if you're not talking about gas that comes out of the rear of a car, what are you talking about?"

At this point people were beginning to pay attention. By the looks on their faces, they weren't on to me yet. They just thought I had no idea what I was talking about, and there's nothing more interesting in school than watching another kid fall apart in front of the class. They were all getting ready to be entertained by S.B.D., not knowing what he was talking about.

"Well then, what sort of pollution are you experimenting with?" Mr. C. was beginning to show signs of frustration. He shook his head and widened his eyes. It was clear he thought I was clueless.

"You know, *gas.*"

"There are many types of gas, Keith. There is methane, hydrogen, carbon dioxide. Even oxygen is a gas." He was almost yelling at this point.

I noticed a few faces light up. Were they on to me? A few giggles broke out. Mr. C. tried to hold them back by demanding, "Stop laughing!" It didn't work. The giggles were now contagious. My adrenaline rushed back all at once. My heart raced like I was falling out of an airplane. I took a deep breath to try and calm down. The class was clearly on to me. The excitement in the class was poised to break loose.

"How is this gas released into the atmosphere?" Mr. C. continued.

The class exploded with laughter.

"Class, please, Keith is trying to explain his project." Everyone was now wide-awake. There wasn't a sleepy eye in the room.

"How is it released into the atmosphere?" he repeated over the laughter.

"From the rear," I explained. Sarah Stanton was taking a sip from her water bottle and sprayed it onto the back of Jason Calino's neck. He didn't seem to care.

"Please, class, calm down! It is not polite to laugh while your peer tries to share his ideas. Keith, please be more specific. The rear of what?" He had to shout this because the class was now officially out of control.

"Well...*people!*" I shouted back.

Mr. C. didn't say anything. He just looked at me. Looked doesn't quite explain it well enough. He looked through me. Mr. C. stood up and marched over to the phone on the far wall. I knew he was calling the principal. I had never been to the principal's office in my life. I guess that was about to change.

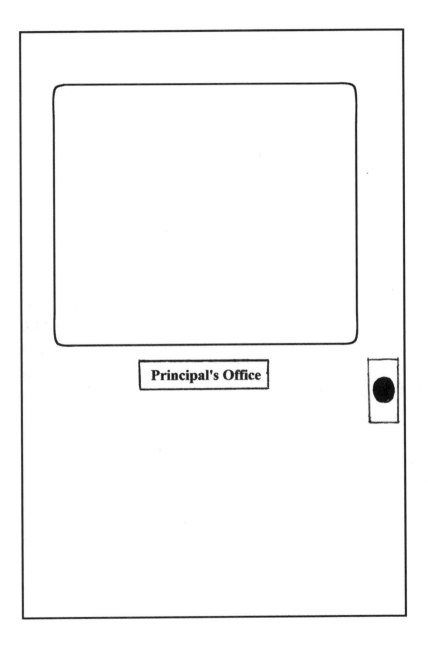

CHAPTER TEN
Principal's Office

I had never been to the principal's office before. I felt a mix of excitement and fear at the same time. Part of me felt tough and bad, and the other felt like crying because my mom would kill me when she found out. I also felt plain embarrassed. I should have known better than to present such a crazy idea to my teacher. I'd never seen him look so angry. He thought I was playing a joke. The class was absolutely out of control. You know when something gets the class laughing so hard that there's no bringing them back? This was like that. I only wish I could have been in on the laughing part. I sure wasn't laughing now.

Mrs. Barcelona, the office secretary, said Mr. Michaels, the principal, was at a meeting and should be back any minute. I realized as I sat there in the office that I had never actually spoken with Mr. M. before. I did know that he was the principal and that he could destroy me.

I could see him walking up the front walk. He had on sunglasses that detectives wore in the seventies. He took them off as he opened the front door and entered the school. I could see him squinting to see who was in the chair next to Mrs. Barcelona. I could tell he didn't recognize me. My heart was beating so hard I could feel it in my throat.

He walked in the office and gave me a death stare. He walked right past me and began whispering to Mrs. Barcelona. She looked like she was laughing or at least grinning, and for a second, I think he might have smiled, too. Then he made a serious face.

He waved his hand for me to follow him into the office. His office was full of wooden furniture. He collected antiques and kept many of them in his office. That's about the only thing I knew about him. I sat down in a really old-looking chair and took a deep breath.

"So, Keith Emerson, would you like to tell me a little about this prank you decided to pull in Mr. Cherub's class this morning?"

"It wasn't a prank, sir. I was being serious." I couldn't believe he knew my name.

"You weren't trying to embarrass your teacher or be a wise guy?"

"No, sir. Mr. Cherub said for us to focus on something that we know and to try to change the world for the better."

"And you decided to do a project on flatulence?"

"No, sir, it was going to be on S.B.D.s." I couldn't believe that I had just said S.B.D. to the principal.

"I'm sorry?"

"No, sir. I'm sorry."

He smiled.

"No, Keith, flatulence and S.B.D. are the same thing. Assuming that we are talking about the same thing."

More amazing than the fact that I had just said S.B.D. to my principal, my principal had just said S.B.D. to me. I was definitely going to faint.

"I'm not sure what we're talking about any-more," I said.

"Do you mean silent but deadly?" he asked.

It was just too much. I looked around to make sure I wasn't on one of those hidden camera shows. I felt like a cheesy TV host was going to walk in and tell me this was all a practical joke. This could not be happening. Maybe I was still in bed and dreaming. I shook my head back and forth. No, I was awake.

"I guess...well...yes."

"Okay, at least we are talking about the same thing. What exactly do you want to try in your experiment?"

I spent the next ten minutes explaining to Mr. Michaels about Anthony, the kids in the class, and how I had been labeled S.B.D. He looked like he was really listening, and he was taking notes on a yellow sticky pad.

"Okay, I'm going to give this some thought, and I will get back to you later today or tomor-row."

"You mean you might actually let me do it?"

"*Might* being the key word here. I think it's a strange idea, but it does seem to fit Mr. Cherub's criteria, and it seems like you really are interested in the umm...subject."

"Thanks, sir," I said. I stood up and walked out of the office and into the hall. Scott was coming down the hall with his class. They all looked at me with that "you're in so much trouble look" that everyone gets when they go to the principal's office. Scott's eyes looked like they might burst. He mouthed, "What happened?" And I mouthed back, "I'll tell you at lunch."

Then I noticed my class coming down the hall behind his. They were all giving me the same looks. Mr. C. said, "Please get in line with the class, Mr. Emerson. You and I will talk later."

"Okay," I said, getting in line. I realized I had a smile on my face. I couldn't remember the last time I was smiling like this in school. I had faced down the principal and lived to tell about it.

At lunch, I took a bite of the ham sandwich Mom packed me and immediately felt a tug on my shirt. It was Scott. "I can't believe this," he said.

"You can't believe what?" I said.

"I can't believe Mr. C. sent you to the office because you farted again in class."

"I didn't fart in class ever, and that isn't why I was at the office," I said.

"Well then, why were you in the office?"

"I was in the office because of my science fair project idea," I said.

"What are you doing?" he asked.

"I want to fix farts once and for all. I want to figure out a way to make them smell better."

"Are you crazy? Do you want to be known as S.B.D. for the rest of your life? Do you think someone is going to want to be Mrs. S.B.D. when you grow up?"

"I'm not going to be S.B.D. forever. Besides, if I can fix farts, there will be no such thing as an S.B.D."

"You're going to be S.B.D. for life for this."

"Maybe," I said. "We'll see."

CHAPTER ELEVEN
The Green Light

When I came back from recess later the next day, I sat at my desk. I noticed a yellow note in my mailbox. I walked across the room and took it out of the mailbox.

You have the green light. I spoke with Mr. Cherub, and your project is approved. Stop by my office.

Mr. Michaels.

Mr. C. noticed me reading the note and said, "Keith, head on down to the office. Mr. M. wants to see you." The class went, "OOOOOhhhhh," as if I was in trouble. I just smiled and started down to the office.

CHAPTER TWELVE
Thank You, Benjamin Franklin

I sat in the large leather chair across from Mr. Michaels. He was finishing up his phone call, and he held up a hand for me to hold on a minute. I sat there and tried to appear comfortable. I didn't want to seem like I was staring at him, so I looked around the office.

My eyes were immediately drawn to his computer screen. He was on a search screen. There were two words in the search box. The first was *Franklin*, and the second was *farts*. I was convinced I had fallen asleep and would soon wake up to the smell of my little sister dusting me again.

Instead, Mr. M. hung up the phone and said, "So I see you got my note."

I nodded.

He continued, "I'm not sure if you know this about me, but I happen to be a big fan of Benjamin Franklin."

I'd never met anyone who happens to be a *big* fan of Benjamin Franklin. I know people who are fans of the Yankees or the Mets, but not Benjamin Franklin. That's like saying, "I'm a big fan of the guy on the news or the president of some faraway country." It just doesn't make sense.

"When you and I spoke yesterday, your idea seemed very familiar to me for some reason. I couldn't figure out why...and then it hit me on the way home. I remembered reading a letter written by Franklin called 'A Letter to a Royal Academy.'"

I wasn't sure why Mr. M. was telling me all this. All I knew was that by the excitement in his voice, I didn't seem to be in any trouble. Somehow, it seemed I had Benjamin Franklin to thank for my good luck.

Mr. M. kept talking. "Franklin wrote the letter in 1781 to the Royal Academy of Brussels."

Oh no, I was getting bored already. He leaned back in his chair and said, "Back in the eighteenth century, there were many contests that were provided by academies or colleges. The academies would put a question or challenge before the thinkers of the time. Franklin wrote this letter as a suggestion for a contest challenge. In the letter, Franklin writes," he started reading from the computer screen:

It is universally well-known that in digesting our common food, there is created or produced in the bowels of human creatures a great quantity of wind.

That permitting this air to escape and mix with the atmosphere is usually offensive to the company, from the fetid smell that accompanies it.

That all well-bred people, therefore, to avoid giving such offence, forcibly restrain the efforts of nature to discharge that wind.

Here he stopped.

"Do you follow so far?" he asked.

"Not even a little bit," I said.

"Okay. What Franklin is saying in his letter is, everyone has gas. Also, everyone knows that gas is smelly, and so they try very hard to hold it in so they do not offend other people."

"That makes sense," I said.

"The letter goes on: 'Were it not for the odiously offensive smell accompanying such escapes, polite people would probably be under no more restraint in discharging such wind in company than they are in blowing their noses.'"

He stopped again. "Did you follow that?" he asked.

"Again...no," I said.

"He is saying that if gas did not smell bad, people would not be embarrassed to relieve themselves of it in public. It would be no worse than blowing your nose."

"Okay, I'm with you," I said.

He continued, "'My prize question, therefore, should be, to discover some drug wholesome and not disagreeable, to be mixed with our common food, or sauces, that shall render the natural discharge, of wind from our bodies, not only inoffensive, but agreeable as perfumes.'"

"I understood perfume," I said.

"He says there that his idea for the Royal Academy is to challenge someone to discover something that, when put in food, makes people's gas smell good."

"Hey, that's my idea."

"Exactly," he said. "And that is exactly why your project has been approved. As it turns out, your crazy idea, as strange as it may be, is going to attempt to solve a challenge that Benjamin Franklin put before the scientific community more than two hundred years ago."

I started to get a little nervous. All of a sudden, this went from being a silly science experiment idea to being something bigger. Mr. M. was very excited.

He went on. "There's more," he began. "Franklin goes on to say, 'Let it be considered of how small importance to mankind, or to how small a part of mankind, have been useful those discoveries in science that have heretofore made philosophers famous. Are there twenty men in Europe at this day, the happier, or even the easier, for any knowledge they have picked out of Aristotle? What comfort can the Vortices of Descartes give to a man who has whirlwinds in his bowels! The knowledge of Newton's Mutual Attraction of the particles of matter, can it afford ease to him who is rack'd by their mutual repulsion...Can it be compared with the ease and comfort every man living might feel seven times a day, by discharging freely the wind from his bowels? Especially if it be converted into a perfume...And surely such liberty of *Expressing* ones *scent-iments*, and pleasing one another, is of infinitely more importance to human happiness than that liberty of the press.. And I cannot but conclude, that in comparison therewith, for universal and continual utility, the science of the philosophers above mentioned, are all together, scarcely worth a *FART-hing.*'" After that, he laughed.

"I got a little bit of that," I said. Of course, I had no idea what he had just said.

"What did you get?"

"I got that he thinks this invention of better smelling gas is important."

"More than important. He says that if someone can discover something to make the gas of people smell good, it would be the greatest discovery of all time. It would make most other discoveries seem almost worth nothing in comparison. He is saying that it would be *the* discovery of *all* discoveries!"

Now I was more than a little nervous; I was totally freaked out. Now I wasn't just doing a science experiment; I was now trying to solve a great challenge created by Benjamin Franklin.

"I don't think I can do it," I said.

"What do you mean?"

"This is all a little too much. I just wanted to do something familiar to me. I just wanted to fix something I thought was wrong with the world. I never expected it to turn into such a big deal."

"Well, it has turned into a big deal. And you're doing this experiment. I am officially assigning it to you. If you want to pass science this trimester, you are doing this experiment. This was your idea, and it's a great one. You should feel proud that you came up with an idea that is the same as one Franklin came up with over two hundred years ago. You owe it to yourself, you owe it to me, and you owe it to Benjamin Franklin to do this science experiment. Who knows?" he said, leaning in closer to me. "Maybe you'll change the world."

CHAPTER THIRTEEN
Now What?

So now I had the approval of Mr. M., my principal; Mr. C., my teacher; and strangely, Benjamin Franklin, great American scientist. Things had become a lot bigger than I had bargained for. Now came the real work of it. I had to decide what exactly I was going to test to try and make gas smell good.

I really could not believe what Franklin wrote. It was as if we knew each other. I would have figured someone like him would have only had incredible ideas, like discovering electricity. How in the world could someone so smart think of something so silly? I have to admit, it made me feel smarter to know I shared an idea with a great thinker, a revolutionary thinker.

Imagine if I could make something that makes people's gas smell like roses or cotton candy. Imagine if when you passed gas, you could do it out in public, and no one would think you were gross. Imagine if people actually complimented you on it...

You know, "Nice fart, Keith. Can you make another one?"

It would be strange, but it would be an improvement. I thought the world was ready for new and improved farts.

Mr. C. always said that even if a scientist is wrong, it's okay. The goal of science is to build knowledge and try new things. This certainly would be a new idea.

I thought to myself, *What smells really good? Roses do. People love the smell of roses. Maybe cotton candy? Popcorn would make a great scent. Bubble gum, cherries, oranges, anything at all would be better than what they smell like now. Heck, they could smell like cardboard, and that would be better.*

The toughest part of the experiment would be smelling people's farts in order to rate them. My whole life I had learned to run from farts, to get as far away as possible and not look back. Now

I would have to go against everything my brain told me and stand my ground. I would have to smell my family's farts. I would have to take it like a man. Take it in the name of science.

I sat my family down before dinner on Friday night and explained what I was planning on doing. My mother immediately said that she thought it was a bad idea. My father agreed with her but had that look on his face like he wanted so badly to laugh but knew he couldn't. My sister just looked confused.

"I don't understand," my mom said. "How come you can't just do a project on volcanoes or make a tornado in a bottle like you did last year?"

"Because, Mom, this is real science. Those other experiments were kid's stuff. Besides, I'm trying to answer a challenge that Ben Franklin gave in 1781."

"What are you talking about?" my dad asked.

"I came up with the idea, and my teacher said no, and then I was sent to the principal, and he seemed really mad. But then, later, he called me in to his office and told me I had to do it because Benjamin Franklin had challenged scientists to do this back in 1781, and no one had ever accomplished the challenge or maybe they didn't take it seriously but I am and..." I was rambling on and running out of breath.

"Wait a second!" my mom said. "Stop for just one second. Did you just say Benjamin Franklin had the idea to make gas smell good?"

"Yes."

"And your principal told you this?"

"Yes."

"And this letter was written by Benjamin Franklin?"

"Yes."

"Ben Franklin who discovered electricity and eyeglasses and the stove?"

"Yes."

"And he wants you to make farts smell good?"

"Well, yes."

"Are you serious?"

"Of *course* I'm serious, Mom."

"You expect me to believe that Ben Franklin wrote a letter about farting? And you want me to also believe that your principal is asking you to do a project on farts?"

My sister raised her hand. "Yes, Emma?" my mom began.

My sister smiled really big and said in a low voice, "We don't say *fawt* in this house."

My mother closed her eyes and took a deep breath. She was getting very frustrated.

I said, "He isn't asking anymore; he is telling me. He says I might be a great thinker."

"He is telling you this might make you a great thinker?"

"Mom?"

"*Yes?*"

"Why do you keep repeating everything I say?"

"Why do I keep repeating everything you say?"

"You did it again."

"I did it again? I did it *again*? I know I did it again. I keep repeating what you're saying because I can't believe what you are saying."

The next few seconds passed by very slowly. My mom and I just stared at each other, each one disbelieving what the other was saying. My father took his laptop out of his bag that was on the floor near the table. The silence was finally interrupted by my father's voice.

"He's telling the truth, Liz," my father said.

On the screen was a copy of Ben Franklin's letter to the Royal Academy.

"That's it," I said.

My mom put her head in her hands and sighed. "The girls on the PTA are never going to let me live this one down."

I grinned. "I'm going to go down in history, Mom. Just you watch."

"That's what I'm afraid of," she sighed.

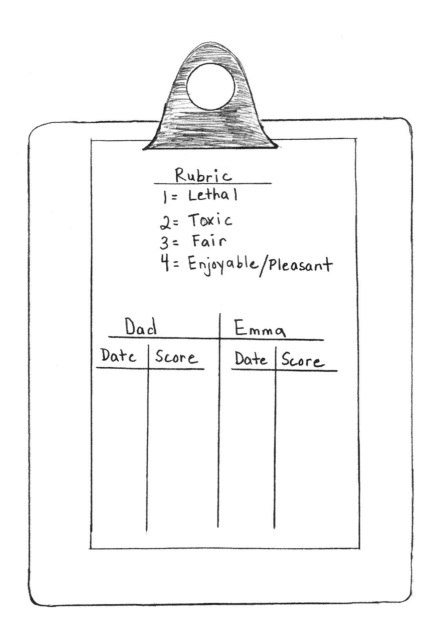

CHAPTER FOURTEEN
Trial Number One

After our talk, I created a list of things I thought might help to make farts smell better.

<u>My List</u>

Rose petals

Daisies

Perfume on your food

Spoonful of sugar

Cotton candy

Herbs

Lemon zest

Soap flakes

Pollen

Baking soda

Baby powder

Lemon/lime/orange juice combination

I decided to do my first trial that night. Why wait around and worry about it? I might as well get to the task of it. I decided to make my family stick to a strict diet. That way, the foods they ate would not change. The only thing changing would be the thing that I decided to give them. I had one month until the science fair. I decided to pick three things to test. They were rose petals, baking soda, and a lemon/lime/orange juice combination. I would give each one to them for a week to see if there was any improvement in their gas smell.

I sat them all down to explain my idea. "I am not going to do this," my mom began.

"But what about supporting your son?" I asked.

"There is something very important that you are forgetting, Keith," she said.

"What is that, Mom?"

"You are forgetting that I do not pass gas. A lady never does."

"Come on, Mom. You're going to tell me that you never pass gas?"

"Now *you* are the one repeating things," she said.

"Never once?"

"Never once," she said. My dad began to laugh.

"Don't you even say a word, Mr. Oops," she said. "Keith, listen to me very carefully. I do not pass gas, and I will not participate in your little farting contest. I will support you and help you in any way I can, but I will not be a part of the experiment."

"I want to be in a contest," my sister said. "Can I win a prize?"

"Not really," I said. "It's not that kind of a contest, Emma. It's not really a contest at all. I just want to see if I can make farts smell good."

"We do not say *fawts* in this house," my sister insisted. "We call them *bubs*. And bubs don't smell good. They smell gwose," she said and scrunched up her face.

"I know. I'm trying to fix them so they smell good."

"Your sister and I would be happy to help," my dad said.

"Okay, good. The first thing we have to decide on is your diet. You are going to have to eat the same thing every day for a month. We can't change your diet in any way because it could alter the experiment."

"I want to eat cookies," my sister said.

"Me, too," my dad added.

"I don't think so. I'll make you guys chicken cutlets, rice, and a salad every night," my mom said.

"I don't want salad and chicken. I want cookies," my sister said.

"You can't eat only cookies for a month," my mom said.

"I want cookies and ice cream then."

"You are going to have chicken because it is good for you. You will also have rice and a salad. And if you eat all of those every night, I will make you cookies. Is that fair?"

"Okay, but I only want the cookies. I do not have to eat the chicken."

"Emma, do you want to be in your brother's experiment or not?"

"I do want tooo," she said in a whiny voice.

"Okay, then you will eat what Mommy makes for you."

"Awlwright," she said.

I cleared my throat. "We will also have to include one other thing for you to eat. I'll have you eat each item for a week, along with the rest of your diet. I'll keep track of any improvements by following my rubric. For the first week, though, I will have you eat only what Mom makes you so I can get an accurate idea of how bad your bubs really are. We won't add anything to your diet that might improve the smell of your gas until next week."

"When would you like to start?" my dad asked.

"How about tonight?" I said.

We ate dinner, and I went in my room to play video games. I had just started when my sister walked in.

"I'm ready," she said.

"You're ready for what?" I said.

"I'm ready to make a bub for you."

"Okay," I said. "Wait, don't do it yet. Let me get my clipboard with my rubric." As I went to get my clipboard, I started to feel a little sick. Was I really going to let my little sister fart and then smell it on purpose? I realized at that moment what Franklin was talking about when he said it would be the discovery of all discoveries. The person doing the experiments would have to smell farts until he found a cure. I quickly decided it was better to smell a lot of farts in a few weeks in order to perhaps fix farts forever.

"Okay, let it go," I told my sister. I waited, holding my pencil and my clipboard. I braced myself for the worst. It was like waiting for someone to pinch you. I just wanted to run. But I didn't, and she didn't, either. We both just stared at each other for a few seconds.

"I can't," she said finally and put her head down.

"Why not?" I asked.

"I think I am afraid." Then she started to cry. "Mommy, I can't make a bubble. I can't make a bubble," she yelled and ran out of my room crying.

I sat there shaking my head, wondering what I had gotten myself into. I could have done a volcano, and I'd be done by now. I could have made a tornado in a bottle, and I would have been done in the time it takes to fill a two-liter soda bottle with water.

The next thing I knew, my dad appeared in my doorway.

"I am reporting for duty. And I am afraid you may be the next one to run out of here in tears."

"Oh no..." I said.

"Oh no, indeed," he said. "Oh no, indeed, son."

CHAPTER FIFTEEN
I'd Do Anything for You

Saturday morning, I woke up and felt like I hadn't slept at all. You know those mornings when you wake up having the same thoughts you were having the night before? This was one of those mornings. I had fallen asleep thinking about my project, and now I was waking up thinking about my project. I guess I couldn't help it, now that the principal was totally aware of what I was doing and I was trying to live up to a challenge given by Benjamin Franklin over two hundred years ago and...I realized that my house was quiet again. It was the same as last Saturday. I knew that my parents had to run to the hardware store to get paint for their room. I didn't think they would have left without me.

They've never left me home alone. I didn't think everyone else was still asleep. I looked at my clock, which I can't see at all without my glasses. I felt around for them on my nightstand. I put them on and realized it was already ten.

"Wow," I said out loud to break the silence.

"Wow is right," a voice shot back at me. It was Scott, and he was sitting at my desk, reading computer comics online.

"What are you doing here?" I asked.

"What are *you* doing here is the real question?" he said. "We have a baseball game in twenty minutes and you're sleeping the day away."

"Why were you just sitting there? Why didn't you wake me up? Where's my family?"

"That's actually three questions. First, I was sitting here reading your notes from your science project. You happen to be very strange, you know. Second, I didn't wake you up because I don't have computer comics, and I am catching up. Third, your family left. They said you are too weird to be around now that you are a full-time fart sniffer."

"Very funny. Where is everyone?" I said as I got together my baseball stuff.

"Your grandma is in the yard with Emma. She told me to come in to wake you up. She was asking me a whole bunch of questions about what is going on with you at school."

"What do you mean? What did you tell her?"

"Nothing. I just told her that everyone in our school calls you S.B.D. now."

"What are you talking about? Why would you tell my grandmother that?"

"She gave me a whole bunch of cookies, and I was all pumped up on sugar. I just didn't think, I guess," he said as he read my online comics.

I went into the bathroom to get dressed for baseball. I stood there looking in the mirror for a while. *What am I going to tell Grandma?* I thought. *What am I going to do on science fair night when I have to present this project to the class?* Then it hit me. My heart began to race. My palms got all sweaty. I took a deep breath. We were playing Anthony Papas's team today in baseball.

CHAPTER SIXTEEN
Hear Ye! Hear Ye!

Baseball is usually the highlight of my week, especially when the weather is just right. The weather was just right. I didn't even need a jacket or a sweatshirt. I stared out the window at the town going by as I sat next to Scott, who was crammed in between me and Emma in the backseat of Grandma's car.

"Why didn't you tell me you've been having gas problems?" Grandma asked from the front seat.

"I haven't been having gas problems," I said, feeling my cheeks brighten up with embarrassment.

"It's okay, sweets. It happens to all of us. The other day at the supermarket, I let one go waiting to check out. What can you do?"

"My mommy says a lady never makes bubs," Emma said.

"Your mom may be an exception. Everyone makes bubs," she said.

"What is a bub?" Scott asked.

"A fart," my sister blurted out.

"Emma," I said, "you know Mom doesn't like that word."

"What word?" Scott asked.

"Fart," I said.

"Why?"

"She just doesn't."

"She must really love your science fair project, then."

"What is your science fair project, Keith?" Grandma asked.

"Thanks, Scott. I wasn't exactly going to broadcast it to everyone."

"He's trying to discover a way to make farts, I mean bubs, smell good," he said.

"Hmmmm," Grandma said with a smile.

"I want mine to smell like pickles," Emma said.

"I would want mine to smell like pizza. I love the smell of pizza," Scott said.

"I'd like mine to smell like orchids," Grandma said.

"I'm not taking requests, you know. I'm just trying to make them not smell bad, which is ridiculous. I'm pretty sure Mr. C. is hoping to make a fool of me with this."

"I'm not so sure. He seems pretty excited based on that interview he did with the paper," Scott said.

"What paper? What are you talking about?"

"The *Daily*. It was in this morning's edition. It was like a half a page long. It had a picture of you and a picture of Benjamin Franklin right next to each other. They used your second grade picture, I think. Remember the one where you're half smiling, half grimacing, like you stubbed your toe?"

"What are you talking about! They were talking about my project in the *Daily*? Why didn't they interview me?"

"I don't know. Mr. C. and Mr. M. were both interviewed. Mr. M. was going on and on, saying it could be the greatest discovery in science if you can pull it off. He's a really big Benjamin Franklin fan, you know?"

"I'm aware. I'm aware," I said, staring out the window again.

CHAPTER SEVENTEEN
Fame and Shame

Walking up to the field, I noticed something unusual. It felt like everyone was staring at me. I put my bat behind the dugout and sat on the bench next to Scott. Grandma gave me a kiss on the top of the head and told me she'd be at the swings with Emma. Coach Willie walked up to me and slapped me on the back really hard.

"Looks like you're famous, gas man. Why didn't you ever tell me you were a science brain?"

"I'm not. I'm..." I began.

"I think it's great. Just try not to let it go to your head. All this attention could get to a guy."

"Okay, Coach," I said.

I looked across the field, and there was Anthony. This was just what I needed. I felt like I could crawl under the bench and just lay there until everyone left. I was our lead-off batter, so I put on my batting helmet and walked up to the plate. The first pitch sailed by me for strike one. I wasn't sure if I was imagining it, but I thought I could hear the other team making noises. The second pitch sailed by for strike two. Yes, they were definitely making a noise. I couldn't make out what it was. Strike three. As I was walking back to the dugout, it became clear. They were all making low farting noises. Anthony was laughing so hard, I could hear him even though he was way out in left field.

The game went on pretty much like that through all seven innings, until the bottom of the seventh. I was pitching because Harry G. walked three batters in a row. The coach almost never let me pitch unless the other pitchers were doing terrible. Usually I loved the opportunity to pitch, but today I didn't want to get any more attention than I already had on my own.

That didn't matter much to Coach, though. He stuck me on the mound. I threw a few warm-up pitches and signaled the ump that I was ready. The other team was all seated. I should have known. Anthony was the next guy up. He already had his helmet on. He walked up to the plate, making a farting noise every time he took a step. His teammates all made the same noise. Even one of their coaches got in on the action. Anthony had a huge smile on his face. He was laughing so hard he didn't even swing at the first pitch. The second pitch went right on by, and he stepped out of the batter's box to wave his hands to his team to tell them to make the noise louder. Then he held his nose and pointed at me.

It was mortifying. I felt myself filling up with anger again, just like the night with Emma. I noticed Grandma was standing behind the dugout, watching all of this. I couldn't even lift my head. I was so embarrassed. For a minute, I thought I was going to cry. The other team kept on going.

Finally, a mother on the other team stood up and shouted, "That's enough! Everyone stop it and finish this game."

The other team stopped. They were still smiling, but they stopped. It was dead quiet; you could hear a pin drop. Even the wind had stopped. I just stood there, frozen. I was in some kind of shock or something. I didn't step to the pitcher's mound. I didn't look up. I just stood there looking down. I was definitely going to cry. I could feel the tears starting to build up. I swallowed hard to try to hold it back.

Then it happened. A loud fart cracked the silence like a whip. It seemed to echo through the field, the sound hanging there for what seemed like forever. I looked up, and all the eyes that had been locked on me all game long had shifted. They all were now locked squarely on Grandma.

CHAPTER EIGHTEEN
What Were You Thinking?

On the ride home, no one said anything for a long time. Grandma, Scott, Emma, and I just sat silently as Grandma drove. Finally, I couldn't hold it in anymore.

"What were you thinking?" I groaned.

"I was trying to take all that terrible attention off of you, sweetie," she said with a smile.

"You couldn't think of any better way? I'm already known at school as S.B.D., and now my grandma drops a grandbomb at the game. This is going to ruin me."

"I think you're overreacting. This is a good thing for you. Now they will talk about me and not you. I'll be S.B.D. from now on. What do you say?"

"That's awesome," Scott said.

"No, it is not awesome," I shot back.

"Sure it is. She just saved you, Keith."

"Keith, I always told you I'd do anything for you. If that means publicly making a bub in order to save you from those mean boys, then bubs away, my boy."

"That's *so* awesome," Scott said, laughing.

I just looked out the window.

CHAPTER NINETEEN
Uncle

When we got home from the game, it was already twelve thirty. Mom and Dad were both back from the store. They were standing in front of the house, looking at the flowers. Dad had the lawnmower out for the first time this year.

"How was the game, bud?" he asked as I walked toward the front door. I just kept walking.

I ran up to my room and threw myself onto the bed. I started crying. This science fair was ruining my life. In the past week, I had been nicknamed S.B.D., sent to the principal's office, dropped my sister, and been embarrassed in the paper. Now my own grandmother had joined me in the S.B.D. club.

My dad slowly opened the door. "Hey, what is going on with you? Grandma said you had an interesting game today." He walked over and sat on my bed. "Your grandma was just trying to help in her own bizarre way, you know? I didn't realize you were having so much trouble with the other kids. I wish you would have told us, so we could have tried to help you deal with it."

"I know, Dad. I'm sorry. I just have had a bad week. At school, everyone thought I farted in class, and now they call me S.B.D. I'm the laughingstock of the fourth grade.

"And then I came up with this crazy idea to fix farts, and my principal is making me do it."

"I know how you feel, pal," said Dad. "Sometimes, things just don't go our way. We just have to keep on going. Before you know it, you will have survived it, and life will get better."

"Thanks, Dad. I know things will get better. I just can't take this project, and I can't handle Anthony Papas."

"Son."

"Yes, Dad?"

"Since we're talking about things you are not enjoying, I think you might want to take out your clipboard."

"I just buried my head in my pillow. Give me a second," I said.

"I think we're looking at a one on that rubric of yours, pal," he said.

"That sounds about right the way my day's been going."

CHAPTER TWENTY
Not So Easy

When I reached the end of the third week of my experiment, with the science fair only two weeks away, I realized I was in trouble. I had tried my two best hypotheses on my sister and my dad. We sprinkled rose petals on their food for the entire second week. It did nothing. The third week, I gave them each a spoonful of baking soda because people say baking soda absorbs smells. I can tell you, it did not absorb the smell of my dad one bit. I sat at my desk, reviewing my data from the last three weeks. I had page after page of ones and twos on my rubrics. Neither of them ever came close to a three or a four.

My sister walked into my room and announced, "I'm ready to bub for you now."

"Great," I said sarcastically.

"Maybe this one will smell good, Keith," she said, looking at me with the most hopeful eyes.

"I doubt it," I said.

"I think it will smell like pickles," she whispered as if it were a secret.

"You didn't even eat pickles today," I reminded her, smiling. My sister is about as cute as a person can get sometimes. As frustrated as I was feeling, I couldn't help but feel happy around her.

"I know, but I have been *thinking* about pickles all day," she said. Then she rubbed her chin very slowly with her right hand as if she were a detective. The cartoon cat in her favorite show does the same thing when he is trying to solve a mystery.

"Do you really think a pickle-smelling fart is any better than a regular old fart?" I asked.

"I like pickles. And Mom says not to say fawt."

"Well, if I ever figure out how to fix bubs, I'll make a pickle smell for you."

"Here it comes," she said. I waited a minute. Her face became as red as an apple as she tried to force one out. Then a tiny squeak disrupted the silence.

"That definitely does not smell like pickles," I said.

After Emma left my room and went to bed, I began to look more closely at my dad's data. His seemed to be getting worse. Or maybe it was just that I had smelled so many of them in the last couple of weeks. My dad was enjoying this way too much. He had always been a farter, but he now acted like *I* was so fortunate he farted a lot. I heard his footsteps coming up the stairs.

"I'm ready and willing to help in the name of science," he announced as he stood in my doorway.

"Great," I said, without looking up.

"I'm afraid this one is not going to be what you're hoping for, pal."

"Well, let's just get it over with." I groaned.

"I tried to warn you. I think we're looking at another *uno* on that fart chart of yours."

CHAPTER TWENTY-ONE
Defeat

The next week was pretty much the same. I added a mixture of lemon, lime, and orange juices to my family's food three times per day. My sister and my father came by my room a few times a day and stunk it up pretty good. I never once put a three or a four on the chart. Their farts kept on smelling like farts no matter what I did to improve them. Farts are farts, I finally decided. You can't fix them. It's just the way it is.

As I sat at my desk writing up my conclusion, I began to feel very embarrassed. I mean, what was I thinking? The kids at school would never stop giving me a hard time about this. Scott was right; I'd be S.B.D. for life.

The science fair was going to be a huge disappointment. Next year, I was definitely going to do a tornado in a bottle.

My conclusion was clear. I could not create a mixture that helped defeat the awful smell of farts even a little bit. The only good thing about the whole mess was that it didn't take me long to type up all the information on the computer. Most of the work was already done. I spent the rest of the night gluing my charts and pictures to my science board.

My title was:

"Farts, New and Improved?"

I was really embarrassed about that, but that was the title I had submitted to Mr. C. when I was approved, and he was making me stick with it. When I was all done pasting all the parts to the board, I did think it looked good. I just wished I could carry it into the yard and throw it in the garbage because I was definitely going to be made fun of when I brought it to school the next day.

Farts:
New and Improved
by
Keith Emerson
Harbor Side Elementary

Problem / Purpose

I want to see if I can discover something that will make human gas smell good.

Hypothesis

I think I can include rose petals, baking soda or a citrus mixture to a persons diet and improve the smell of their gas.

Procedure

I had my sister and Dad eat the same diet for a month. I added one item each week hoping it would improve the smell of Emma and Dad's gas.

Procedure Cont'd

I created a rubric to rate the smell of their gas. I recorded results using a T-chart

Data

Rubric
1 Lethal
2 Toxic
3 Fair
4 Enjoyable

	DAD	EMMA
3/1	3/2	2
3/3	3/5	2
3/4	2/4	1
3/5	9/5	1

Results

I found that I could not improve Emma and Dads gas. Everytime I rated them it was a 1 or 2 on my rubric.

Conclusions

My hypothesis was incorrect. I could not discover anything that improved human gas.

Recommendations

I think that if I had more time I might have discovered something to improve human gas.

CHAPTER TWENTY-TWO
The Science Fair

The night of the fair, I realized there was only one thing to do: fake being sick.

"Mom, I can't go to the science fair. Maybe you could just go and pick up my project."

"Don't even try it. You are going to get dressed and go to that science fair. You can't just hide because you didn't get what you wanted."

"Mom, I don't want to be laughed at."

"Neither did I when you told me about this crazy idea, but I stuck with it anyway. You don't think my friends find this whole thing funny? I think you need to decide if you are proud of what you tried to do. I think you should be proud because you came up with the idea, a strange idea, but you came up with the idea and you stuck with it. I think that's pretty great."

"Yeah, but the experiment proved nothing. I couldn't do anything that I wanted to do."

"Didn't you tell me that even when scientists fail, they are contributing to science? Maybe you didn't find the mixture you were looking for, but some scientists spend their entire lives trying to accomplish something."

"I am definitely not going to spend my life letting people fart on me so I can write a number one or two on a chart. No way. From now on, I will be running from farts like the rest of the world."

"Well, I wish you would stop using that word, but I can't say I blame you. Come on. Let's go."

"Okay, Mom."

CHAPTER TWENTY-THREE
Unfair Fair

I tried getting to the fair early because a lot of kids can't get there until after their parents get home from work. I was the first one in the door. I walked around the rest of the school and tried to take my mind off the fact that my project would be laughed at all night. I tried to prepare myself.

As I walked around, I noticed all the volcanoes and tornadoes in a bottle, and something began to happen. I realized that no one else had done anything like my project. I mean, anybody can look up a project on the computer and copy the directions. I had come up with a unique idea and tried to discover something new. Who cares if people made fun of it!

My favorite was the kid in third grade who mummified a twenty-five-pound turkey. The turkey was wrapped like a mummy and was sitting there all wrapped up. It had been wrapped over four months ago, and it didn't stink one bit. I couldn't say the same for my project.

When I finally went into my class, I could hear the laughs before I was actually in the room.

"This project really stinks."

I could hear Anthony's voice. He was talking to a bunch of younger kids.

"The kid who did this project is really into farts. He farts all the time in class. I don't get people who fart. It is the grossest thing in the world."

I couldn't believe that he was doing this to me.

I walked up to defend myself.

"Anthony, stop saying that about me."

As soon as I walked up, I realized I was walking into a trap. Anthony had a great big smile on his face, and the other kids were holding their noses. He had seen me coming and dropped an A-bomb. I walked right into it.

"What did I tell you? The kid is a regular Pigpen."

"You stink, kid," one of them told me.

"Whatever, your project was probably a tornado in a bottle."

"Actually, I mummified a turkey, and it doesn't stink!" he said. And they all walked away laughing. Again, I could not think of anything to say. I just stood there.

CHAPTER TWENTY-FOUR
Mr. Gonzalez

After a while of feeling sorry for myself and listening to people make comments about my project, I noticed that I was all alone at my project, finally. I guess everyone thought that it stunk to be near me. I had heard every insult in the book. I couldn't wait for my mom to come back and pick me up. I walked over to my desk and put my head down. It had been a long month. I had smelled about a thousand farts, been blamed for three S.B.D.s that were not mine, and was now the laughingstock of the lamest science fair ever. I must have closed my eyes for a few minutes, because the next thing I knew, I was blinking my eyes to wake up. I focused my eyes on my project.

There was a man in a business suit standing at my project, reading it. He wasn't laughing, and he didn't seem shocked like most of the people who stopped to read it. He looked interested.

Mr. C. walked over and began to talk with him. It appeared to me that the man must be important, because Mr. C. was acting very excited.

He looked over at me and pointed. His hands were moving all over the place as if he were telling this great big story. He finally waved me over. I walked over to them.

"Keith, this is Mr. Gonzalez. He is the head of the Brookings Regional Science Center."

"Oh, hi. I'm Keith Emerson."

"I know. I read the article about you in the *Daily* a few weeks back. Your principal has told me all about you and your project."

Mr. C. excused himself and walked over to talk to a few parents who had wandered in.

I said, "I came up with my idea because I seemed to be smelling other people's gas everywhere we went. My sister, my father, and this kid in my class all seemed to pass gas all the time. I finally got sick of it and tried to fix the problem once and for all. You know, life gives you lemons, make lemonade?"

"I know," Mr. Gonzalez said.

"Unfortunately, it didn't work out. I couldn't come up with anything that worked even a little bit."

"Well, that is unfortunate, but it's not a total loss."

"What do you mean?"

"Well, when I heard about your idea, I decided to come and meet you and ask you a question."

"What's the question? You don't want me to rate your gas, do you? Because I can tell you from experience, you're probably a one or a two. We all are."

He gave me a funny look. "No, of course not. I wanted to ask your permission to continue your experiment at the lab. We want to try some ideas of our own but also try to produce your hypothesis."

"Really?"

"Really. We want to make sure it's okay with you and want to include you in the research and testing."

"You want me to rate the farts, don't you?"

"Well, we want you to work with us. You won't have to rate the, umm, farts anymore, though. If we are successful, we will, of course, share the profits with you."

"Of course," I found myself saying, as if I knew what the word *profit* meant.

"Are your parents here? I'd like to let them know what we have been talking about and make sure they support the idea."

"You don't have to worry about that. This was the best thing that ever happened to my dad. He will be thrilled that it's still going to go on."

CHAPTER TWENTY-FIVE
Thank You, Everyone

After several months of working with Mr. Gonzalez and his scientists, we *finally* did it. We created little tablets that interact with gasses in the intestines and change the bad smell of farts to a good smell. We named the tablets Sweet Farts.

Soon after the discovery, we attended a conference in New York City. I met Mr. Gonzalez and his staff at this very expensive and fancy restaurant. My mom and dad were all dressed up. My grandma was smiling from ear to ear.

They all seemed so proud to be with me. We sat at a table together and talked about all the crazy things that happened to us since I first thought of the idea for the experiment.

After lunch, the conference began. A few people presented their research findings on different topics. They had experiments on pollution, training dolphins to speak, and hair growth medicine for men. Then they announced us.

Mr. Gonzalez went up on stage and began to speak. "Today I am before you to share our recent findings in the science of human gas. I am proud to say that the idea for this experiment came from a nine-year-old boy and his desire to, in his words, change something in the world that he didn't like. I am confident that after sharing our findings, you will agree that he has done more than that.

Interestingly, this young boy's idea happened to be an idea that was presented to the scientific community in 1781 by none other than Mr. Benjamin Franklin. Although Franklin presented it as a joke, I'm sure that if he were here today, he would share in our enthusiasm. To paraphrase Franklin's words, the person who can cure the odor of human gas is greater than all the thinkers and all the great discoveries of the past combined. Well, distinguished colleagues, friends, today I present to you, perhaps—according to Mr. Benjamin Franklin—the greatest scientific mind of all time, Keith Emerson."

I wasn't exactly sure what to do. I stood there and realized that all of a sudden there was a spotlight on me. Everyone in the room was clapping and looking at me. Mr. Gonzalez waved for me to come onstage with him. I slowly walked up on the stage.

I stood next to Mr. Gonzalez. He moved back from the microphone and pointed for me to walk up to it. I slowly walked up. As I did, I heard my sister yell, "Hi, Keith! He's my big brotha!"

"Hi, Emma," I said.

Then a man in the front row shouted out, "Tell us about your experiment."

I looked at Mr. Gonzalez and then at my mom, dad, and grandma, and I began. I told them all about my dad, and my sister, and Anthony. They listened to all of it. I told them about the principal's office and the letter Franklin wrote and how I was picked on. I told them about my grandmother fulfilling her promise to do anything for me. She got a standing ovation and took a big bow. I told them how my project failed to find a cure for gas. Then I went on to tell about Mr. Gonzalez and the laboratory.

People began to clap, and I felt really good. My family was smiling, and everyone was really interested. Then something funny happened. My idea didn't seem so crazy anymore. Mr. Gonzalez came back up to the microphone and handed me a packet of Sweet Farts. I began to explain to everyone in the room that we had in fact discovered a cure for bad gas. Mr. Gonzalez had a few of his assistants hand out the packets to everyone in the audience. While they were being passed out, I explained how they worked.

"Basically, after you eat this tablet, it reacts with the gasses in your intestines and changes the gas smell to the smell in the tablets."

People began raising their hands. I called on the first person I saw.

"Have you tested it? Do you know that it works?"

I looked at my dad and smiled. "Yes, we have tested it many times, and I can assure you it works."

My sister shouted out from her seat, "I helped."

"Yes," I said. "My sister and my father were of great help. My mom did not help because she does not pass gas." Everyone laughed.

"What scents have you developed?" a woman with a microphone asked.

"We have summer rose, cotton candy, grape, and pickles."

"Did you say pickles?"

"Ask my sister," I said.

"I like pickles," my sister said. "Keith promised me that he would make that scent just for me," she said.

"This is all very interesting, but do you think people even want to change the smell of their gas?" a man in the audience asked.

"Well, I think so, yes. I mean, if you could never smell bad gas again in your life, wouldn't that be something you'd want?"

"Well, I guess so," he said.

"It takes a while to get used to the idea of gas that doesn't smell bad, but I think it will be nice for people to not have to feel ashamed for something that is natural and happens seven or more times per day to all of us. I think in five years, farting won't be any more embarrassing than blowing your nose—that is, if everyone starts taking our Sweet Farts tablets."

Everyone applauded. I walked down off the stage, and my family was waiting for me with Mr. Gonzalez. I couldn't believe this was all happening. As it turned out, this was only the beginning.

CHAPTER TWENTY-SIX
The Very Next Morning

The very next morning, the Sweet Farts packets went on sale to the whole country. We were planning to go to the Browse and Buy Supermarket and buy a few packs just for fun.

My mom woke me up at eight o'clock, even though it was a Sunday. "Keith, wake up. You have got to see this."

She turned on my TV, something she never does first thing in the morning. She says it rots your brain.

The first channel she turned on was one of those news channels. They were talking about Sweet Farts. I couldn't believe it. She turned the channel, and that channel was talking about Sweet Farts. She kept on flipping, and they were all talking about the same thing. One of the channels had my picture on the screen. Then it had Mr. Gonzalez talking to one of the interviewers. I felt like I was dreaming.

Then I heard a lot of noise outside my window. My mom walked over and pulled up the shade.

"Oh my gosh!"

"What is it, Mom?"

"You have to come and see for yourself."

I walked over and saw vans and satellite dishes and reporters up and down our street. There must have been fifty vans and one hundred reporters. They were all in front of our house. My mom and I looked at each other.

"What do we do now?" I asked her.

"I guess we get you dressed and go out to see what they want."

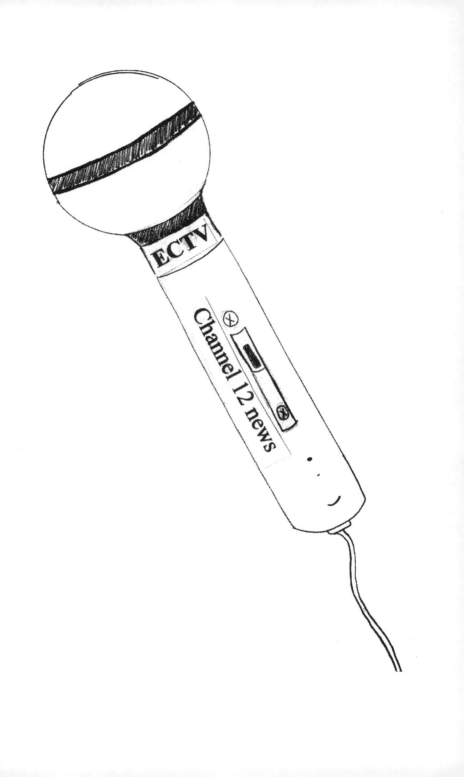

CHAPTER TWENTY-SEVEN
That Was Me, Everybody

My whole family got dressed in record time. We opened the door, and there was a rush of reporters running up the path to the front door. When they reached us, they began shoving microphones in our faces.

"Hold on a second," my dad said. "Everyone calm down and I'll let you ask your questions."

A voice behind one of the microphones asked, "How do you feel about all this?"

"I don't know," I said. "I just woke up."

The questions kept on coming. I must have answered a thousand questions. I was starting to get tired when something didn't seem right. First, I got a whiff and then a full smell of it. Everyone else must have, too. But instead of looks of disgust, everyone had smiles on their faces. It was not that strong at first, but then it grew stronger. It was the smell of grapes.

"That was me," said one of the reporters. Everyone laughed.

"Hey, this stuff really works, huh, kid?"

"It sure does," I said.

Another voice said, "Thank you."

"Yeah, thank you!" another voice said. Then something strange happened. All the reporters began to clap and cheer. I guess I wasn't the only person who was tired of smelling bad gas.

Then I smelled something else. It was...yes, it was definitely...*pickles.*

"That was me, everybody," my sister said and laughed uncontrollably.

Everyone else laughed, too.

CHAPTER TWENTY-EIGHT
The End

And that's how it happened. That's how my life changed. If life gives you lemons, make lemonade. The saying is true. I was sick of bad gas. And it wasn't easy, but I figured out a way, with a lot of help, to fix it once and for all.

That's the whole story. The only other surprise that I haven't told you about is the money. It turned out that Sweet Farts became the fastest selling product in history. Before we knew it my family ended up making over one hundred million dollars! I even donated a lifetime supply to the Papas family.

I decided to start my own company with all that money. I work with Mr. Gonzalez at the laboratory. I get to try any experiment I want.

I also get to hire whoever I want. Scott was the first person I hired. The second was Anthony Papas. I figured if it weren't for him, I would have never invented Sweet Farts in the first place. We are working on some really cool experiments right now. I'd tell you about them, but they're confidential. Let's just say, the next time a kid in your class vomits on the floor right in the middle of class, you may not have to hold your nose. I've always hated that smell, haven't you?

Lemons and lemonade, my friends. Lemons and lemonade...